• CONVERSAS DE BOTEQUIM •

HENRIQUE RODRIGUES
MARCELO MOUTINHO (ORGS.)

Conversas de botequim

20 CONTOS INSPIRADOS EM CANÇÕES DE NOEL ROSA

Todos os direitos desta edição reservados
à MV Serviços e Editora Ltda.

ILUSTRAÇÃO [CAPA]
Eduardo Baptistão

REVISÃO
Fal Azevedo

CIP-BRASIL. CATALOGAÇÃO NA PUBLICAÇÃO
SINDICATO NACIONAL DOS EDITORES DE LIVROS, RJ

C781
    Conversas de botequim: 20 contos inspirados em canções de Noel Rosa / organização Marcelo Moutinho, Henrique Rodrigues — 1. ed. — Rio de Janeiro : Mórula, 2017.
        160 p. ; 21 cm.
        ISBN 978-85-65679-55-8

    1. Conto brasileiro. I. Moutinho, Marcelo. II. Rodrigues, Henrique.

17-39879   CDD: 869.3
                              CDU: 821.134.3(81)-3

 R. Teotônio Regadas, 26/904 — Lapa — Rio de Janeiro
www.morula.com.br | contato@morula.com.br

• ÍNDICE •

• 7 •
APRESENTAÇÃO

• 11 •
Feitiço da Vila
ALDIR BLANC

• 20 •
Com que roupa
ALEXANDRE MARQUES RODRIGUES

• 25 •
Voltaste
ANA PAULA LISBOA

• 30 •
Pra que mentir?
CÍNTIA MOSCOVICH

• 39 •
Quando o samba acabou
FERNANDO MOLICA

• 45 •
Por causa da hora
FLÁVIO IZHAKI

• 52 •
Mulher indigesta
HENRIQUE RODRIGUES

• 57 •
Boa viagem
IVANA ARRUDA LEITE

• 59 •
Filosofia
LUCI COLLIN

• 65 •
Dama do Cabaré
LUISA GEISLER

· 77 ·
Pela décima vez
MANUELA OITICICA

· 81 ·
Gago apaixonado
MARCELINO FREIRE

· 86 ·
Três apitos
MARCELO MOUTINHO

· 98 ·
Último desejo
MARIA ESTHER MACIEL

· 103 ·
Mulato bamba
NEI LOPES

· 115 ·
Feitio de oração
RAFAEL GALLO

· 120 ·
Século do progresso
RAPHAEL VIDAL

· 124 ·
Tarzan, o filho do alfaiate
SERGIO LEO

· 132 ·
Fita amarela
SOCORRO ACIOLI

· 146 ·
Festa no céu
VERONICA STIGGER

· 149 ·
SOBRE OS AUTORES
· 157 ·
SOBRE AS CANÇÕES

Nascido em 1910 no bairro de Vila Isabel, Rio de Janeiro, Noel de Medeiros Rosa viveu apenas por 26 anos. Esse curto período foi suficiente para que inscrevesse seu nome na história da cultura brasileira, revolucionando a lírica de nossa canção. Em 259 composições, Noel evocou os personagens e o cotidiano da cidade sob um registro originalíssimo. Ao abdicar dos arroubos linguísticos que na época distinguiam a música popular, fez da simplicidade a marca de suas letras.

Oriundo da classe média — estudou no tradicional Colégio São Bento e cursou a faculdade de Medicina —, o compositor desde cedo atendeu ao chamado da boemia. Tinha fascínio pelo universo das esquinas, a conversa de botequim. A vida noturna lhe rendeu grandes amores, parceiros, inspiração. Permitiu, ainda, que estabelecesse um intenso trânsito entre o asfalto e o morro. Por intermédio do pessoal do samba, Noel rompeu as tradicionais fronteiras do saber letrado. Mergulhou com afinco e paixão na experiência de uma cultura que, embora vigorosa, mantinha-se até então à margem. E a trouxe para sua produção musical.

A obra de Noel Rosa se exprime, portanto, como espaço de interseções. De encontros. E é exatamente um encontro que propõe este livro. Um encontro entre literatura e canção, mas também entre diferentes gerações, trajetórias, vivências.

A cada um dos 20 autores aqui reunidos coube a tarefa de selecionar uma música de Noel, composta com ou sem parceiros, e a partir dela criar uma narrativa ficcional. A escolha obedeceu tão somente ao critério afetivo, com total liberdade também quanto às relações a serem estabelecidas pelo texto.

Convidamos escritores de diferentes partes do país, com estilos igualmente distintos. De nomes já consagrados pela crítica a outros que ainda buscam o merecido espaço. A ideia foi apostar na multiplicidade, de modo a possibilitar um diálogo criativo, potente, entre contos e canções.

Noel morreu em 1937, vítima de tuberculose. As histórias que se seguem vêm confirmar a atemporalidade da obra que deixou. Um "feitiço decente" que, como diz o verso, tanto nos faz bem. E 80 anos depois continua prendendo a gente.

Boas (re)leituras.

HENRIQUE RODRIGUES
MARCELO MOUTINHO

Feitiço da Vila

ALDIR BLANC

Para Ceceu e Maneca, em memória.
Para João Máximo.

RECOMEÇO. ELE VIVIA DIZENDO ESSA PALAVRA. Quem desistir de recomeçar já está com o pé na cova. Recomeço para ele era continuar de forma implacável.

    Agora, mesmo cheia de lacunas e com diferentes versões, é preciso contar a história daquela noite. O que se entende por terminado talvez não seja o mesmo que morto. Se a lua do Rio brilhar mais no papel do que na ocasião vivida, não se trata de dourar a pílula. É que hoje, na lembrança, aquelas horas atingem os que as viveram em cheio, feito balas perdidas sempre encontram testas de jovens inocentes. Para o Bem e para o Mal, tudo aconteceu na Zona Norte do Rio.

Ser carioca tem muito de saber misturar ceticismo com bom humor. Ele provocava risadas com frases politicamente incorretas, era um homem quieto e meio triste que se transmutava num vulcão de tiradas ácidas, e até ofensivas, de um jeito que não machucava porque o riso que provocavam é capaz de curar.

Talvez por isso, por essas características que transformam cada dia em outra batalha duramente vencida, ninguém acreditou quando a notícia correu. Ninguém *queria acreditar*, e o boato, porque todos ansiavam que fosse só isso, ficou pairando como uma nuvem tóxica sobre o bairro que ele amava, contaminando butecos, pontos de bicho, esquinas, salões de sinuca, mesas de carteado, lojas de fachada cheias de vagabundos...

O Velho — os apelidos eram tão variados quanto à vida que ele levara: Veio, Mais Velho, Vô, Bisa, até o galardão Tatara — tinha sido encontrado no chão do quarto, sem sentidos. Não havia mais esperança. Embora ninguém, nem alguma das filhas e netas médicas, tenha ousado fazer um diagnóstico preciso, o pulso fininho, o coração quase mudo, a pressão perto de zero, depois da medicação de emergência usada, não deixavam dúvida: ele estava desenganado, o desenlace aconteceria em questão de horas ou minutos.

Era o mais antigo morador do bairro. Morara no casarão a vida toda, fazendo obras intermináveis e até peculiares, como o banheiro com braços na privada e assento acolchoado, com prateleiras de livros e bebidas. O entra e sai de operários o levara a se refugiar no buteco do Tonhão, outro filho adotivo de longa data. No quarto, contra a opinião dos que eram engenheiros e arquitetos na família, havia construído um janelão de parede inteira "para ver o mundo". A vista simples dava para muitas árvores sobreviventes, os passarinhos, e dali, em rede presentada pelo Dr. Martins, grande amigo que o fazia torcer pelo Náutico em Pernambuco, procurava de binóculos, mesmo que fora de época, um misterioso balão...

Na imensa mesinha da cabeceira, ficavam a imagem de Nossa Senhora do Perpétuo Socorro, sua salvadora nas crises de asma, os retratos da mulher, das oito filhas e das dezenas de netas, netos, bisnetas e bisnetos, tataranetos, mais de trinta, todos amorosos e correspondidos com fervor.

Vivia ressaltando a importância de estudar muito.

— Eu queria ser piloto de caça, não estudei e fui direto para o Tiro de Guerra. Virei doutor só no butiquim. Quando chego, aí pelas onze horas, pra fazer a fezinha e ler o jornal, o cara do balcão pergunta: "Vai de Original ou limão da casa pra abrir os trabalhos, Dotô?". Esse é meu diploma.

Casado desde muito moço, sua mulher tinhas vários cursos superiores. Ele afirmava, cheio de ternura:

— Primeiro, único e último amor da minha vida!

Havia trocado o nome da mulher para Luzimaris, mas só ele podia chamá-la assim.

— Luzimaris. Escolhi com carinho. Um pressentimento: mulher com esse nome será minha vida, mares me envolvendo, a superfície luminosa ocultando abismos de sonho, mas que tanto podem encantar como matar, a ilha do náufrago, um corpo jogado na praia, os farrapos do uniforme de submarinista que ouviu bandas de música e discursos apologéticos, toques cintilantes de taças de champanhe, sabendo que o iceberg se aproximava. Luzimaris tem o sorriso mais bonito que existe. Acho que aqueles dentes de fazer a gente desviar a vista é que arrancaram, num momento de paixão, o pedaço que falta do Pão de Açúcar...

Aos que brincavam "Amor assim mata", cantarolava:

— Paixão não me aniquila...

Os dois sentiam saudades terríveis, mas achavam esses períodos de distanciamento essenciais. Ela estava em uma escavação próxima de Epidauro, na Grécia. Era geriatra, arqueóloga, antropóloga, e tinha cursos, por incentivo dele, de medicina marinha e espacial — sem querer abafar ninguém...

É preciso, para descrevê-lo bem, dizer que ele não era nenhum santo. Amava as mulheres, ficava meio pirado com agressões e assassinatos, bradava de copo na mão:

— Covardes! Pena de morte pra esses escrotos que não confiam no próprio pau!

Filhas, netas, bisnetas e até vizinhas o acalmavam. Palavras doces, um cafuné, goles de conhaque com mel e limão... Na segunda dose, vinham as pérolas polidas durante toda uma vida:

— Não há nada como um passeio noturno pelo bairro, sentindo o perfume do orvalho nas damas-da-noite, pra deixar um homem cansado sem problemas de disfunção erétil...

Em sempre citado entardecer de Vasco X Flamengo, umas novas batidas de gengibre do Momo haviam provocado a seguinte cacetada:

— O Brasil imita as coisas mais sem graça. Vejam essa besteira de mulheres raspadinhas. Traz outra de gengibre, filho! Ora, quais são as revistas masculinas consideradas inesquecíveis? Hum, Tonhão, que delícia essa batida. Um achado! Mas voltando: afirmo que aquelas com as fotos da primeira

Cláudia Ohana, a da Lídia Brondi, e a dos pelos dourados da Vera Fisher foram e ainda são as mais apreciadas! É vinte no viado! Homem não dispensa o bombril, a Mata Atlântica em seu momento de glória! Raspadinha é tristeza de pré-operatório! Tenho dito! Salta outra sepultura da memória, Tonhão! Vejam o monte de bobalhões que chegam a bater de frente nas ruas olhando porcaria nos celulares. Em pleno jogo de futebol, partida emocionante, a gente encontra neguinho que não está vendo o jogo, de butucas nos malditos aparelhos! É por isso que eu digo: essas "mentes de ouro" comparadas a deuses, e que enriqueceram explorando populações de países pobres, são as piores! Mercotraficantes trazem muito mais perigo do que os narcos. É só dar um confere nas tramoias de Wall Street. Quebraram o mundo e ninguém foi preso.

Dois apelidos colocados pelo Tatara fazem parte das lendas do bairro. Havia no Momo um anão que sofria de ejaculação precoce, não fazia segredo dessa agrura, e tinha uma voz belíssima. Tatara emplacou no alvo:

— Deixa quieto que isso se resolve sozinho, Ondas Curtas e Frequência Modulada!

O bar veio abaixo. O anão, boa gente, também riu, e dizem que o problema até melhorou.

O outro apelido: dormitava entre a serragem, quase em coma, um cachorro de raça indefinida, sem nome. Nem se coçava. Mas quando um minúsculo pedaço de tira-gosto caía no chão, o bicho saltava com agilidade e agarrava no ar a oportunidade alimentícia. Depois de um desses voos, Tatara cravou o dardo:

— Valeu, Rodrigo Maia!

Colou geral.

Tinha ideias interessantes sobre quase tudo (esse QUASE é importante ou seria um chato a mais).

— Meu bisneto oceanógrafo me levou a um torneio de botão. Veio até campeões de fora. Porra. Tudo igual, botões como tropas da SS! Um time de botão de caráter tem que ter goleiro bem chumbado, defesa com beques feitos de pedacinhos de brinquedos quebrados de plástico derretidos em forminha de empada e raspados com capricho, principalmente a bainha, um ponta-direita veloz de galalite, na meia-direita sempre o Didi, feito de ficha do antigo ônibus Camões, um centroavante guerreiro de capa de relógio pintada embaixo com esmalte de unha pra dar estabilidade e não voar da mesa, um casca de coco difícil de fazer, o Pelé eterno, e na ponta esquerda, um craque a partir de uma liga sobreposta bem colada pra dar potência ao petardo e de nome pouco valorizado: Pepe, Canhoteiro, Parodi, Níveo, Escurinho, Pinga...

Emprestava dinheiro sem reclamar e tinha tanto prestígio que pagavam de volta, por incrível que pareça. Lia muito, e frequentava com o Maneca, também filho adotivo, o Samba do Trabalhador, às segundas-feiras, no Renascença. Voltava de alma lavada. Conta o Maneca que, em uma dessas noites, depois da saideira no Momo, Tatara pediu que ele entrasse em seu quarto. Abriu o velho cofre, escondido por tapetes indígenas que a esposa trazia do mundo todo, e colocou na mão do amigo-filho enorme quantidade de dinheiro vivo.

— Eu venho perseguindo há muitos anos o mesmo milhar. Semana passada, vendi o Rolex do meu avô, os brilhantes da mamãe, tirei as economias de uma vida inteira da Caixa Econômica, me desfiz de alguns investimentos sugeridos por décadas pelo cunhado e amigo Placidino e joguei tudo. Ganhei. Na cabeça. Aqui estão os nomes de todas as filhas, netas, netos, os bisnetos e bisnetas, os tataranetos, o bando todo. Fiz uma procuração de plenos poderes pra você com o Waldyr e o Paulo Amarelo. Divida essa grana em partes iguais e abra uma conta pra cada um deles. No fim da minha vida, realizei meu maior sonho: deixar todos com amplos recursos para o futuro. E sei que não vou dar trabalho, meu maior horror. Cheguei a pedir para a bisneta médica: se eu tiver que fazer necessidade em comadre, por favor, me sufoque com o travesseiro.

Cercado pelos que amava, ele teve um momento de olhar muito lúcido pra cada um, pareceu se erguer um pouco, dava para ver a sombra fugidia de um sorriso, e suspirou algumas sílabas, muito, muito baixinho, parecidas com "luzi...potros... o giz...no canto... iço... em ...ofa..."

— O que ele tentou falar?

— Não sei. Só entendi... farofa?!?

Não raro a solução brota do inesperado. O bisneto que quase não falava, biólogo, matou a charada:

— É farofa, sim! Triste ou alegre, ele cantarolava baixinho, como se rezasse, sempre a mesma música: "larara sem farofa..."

A bisneta sarcástica, escondendo a vontade de chorar:

— Em feitio de oração?

— Não, esse é outro.

Dava para notar a proximidade do fim. Os parentes cercaram o leito. Ele caiu para trás.

A neta mais fria, cientista, falou com voz estrangulada:
— Ele se foi.
Não houve tempo para as primeiras lamentações.
Um enorme alarido na vizinhança estilhaçava o silêncio. Os parentes correram para o janelão. Viram os vizinhos, de boca aberta, olhando para cima. Um balão gigantesco velava parado no céu que anoitecia. Tinha uns trinta metros ou mais. Estava apagado, de cor acinzentada pela falta de fogo. Talvez tivesse lanterninhas, mais adivinhadas do que vistas. O insólito é que era tangerina, formato incomum em balão daquele tamanho. De súbito, sem qualquer ruído, o balão acendeu por inteiro, fulgurante, todo branco, com inúmeras lanternas também brancas, mas não havia nenhuma evidência de bucha acesa, ou de pequenas chamas nas lanternas. O balão todo brilhava, da boca ao topo, sem evidência de fogo.

Uma chuva de luzes, como essas das pistolas de lágrimas, espocou da boca, embora também não se visse o que os baloeiros chamam de cangalha, o artefato pendurado sob a bucha que carrega fogos. Junto com essas lágrimas multicoloridas, a neta, matemática teórica, pegou nas mãos da irmã mais próxima, dona de loja de doces e bolos, muito aflita.

— Está *nevando*?
— Não, querida. Parecem... eu... juraria que são flores, ou melhor, pétalas brancas com perfume de dama-da-noite...

Pegaram algumas. Tinham um número quase impossível de decifrar tamanha a leveza da forma como estavam gravados nas pétalas. Mostraram ao Maneca.

— É o milhar da borboleta, caralho! O que deu a dinheirama pra vocês!

E aí o galope de muitos cavalos se fez ouvir como se corressem em pista sobre o telhado. A bisneta economista implorou à mãe ginasta:

— Diz que você também está ouvindo isso...

— Todos estão, filha, só preferem fingir que não pra ninguém pirar numa hora dessas.

Sob o clarão de uma lua de marcha-rancho, nascida antes da hora, parecendo grávida, galhos do arvoredo dançavam feito braços acenando, embora não houvesse a menor brisa.

— Valha-me, Nossa Senhora do Perpétuo Socorro!

Todos se viraram para a súplica. Era a bisneta sarcástica, a que não acreditava em nada. Estava de joelhos e mãos postas.

Os lençóis e fronhas imaculados reverberavam como o balão.

O corpo havia sumido.

Lá fora, o balão começou a subir sangrando lágrimas e pétalas, acompanhado pelo som de cavalos não visíveis, enquanto aves ocultas entre os galhos cantavam o que parecia trechos de um samba em plena noite...

Todos se entreolhavam e já não pareciam tão tristes.

Uma certeza nascera de todos: aquele balão tangerina, todo aceso sem fogo na bucha, subindo celeremente, antes de qualquer telefonema ou e-mail, daria um jeito de passar sobre certo sítio arqueológico em Epidauro, e só então tomaria o destino para muito além das últimas estrelas do universo conhecido, em direção ao que muitos chamam de fim, mas que talvez — talvez! — guarde uma possibilidade ínfima-infinita de Recomeço.

Com que roupa

◆

ALEXANDRE MARQUES RODRIGUES

AQUELE QUE ESTÁ ALI, SENTADO, aquele ali não é ele. Tem a barba por fazer, os fios desbotados, entre o cinza e o branco. As bochechas se inflaram com o tempo: a cara agora está cheia, redonda. A boca se esvaziou dos dentes, ele os cuspiu um a um. E as rugas — já tem anos que as rugas não me incomodam mais, Mauricio, acho que já lhe disse isso. Dentro dos olhos, as pupilas estão embaçadas pela catarata: está quase cego do olho direito (ou talvez seja do esquerdo, não sei). Aquele que está ali sentado não é ele, mas ela não sabe disso, não faz a mínima ideia.

Tocou a campainha às oito e dez. Estava atrasada. Eu não esperava outra coisa. Reparei na aliança, na mão esquerda, ainda brilhante demais. Bom dia, eu disse, ela repetiu Bom dia; apontei a direção da sala. A mulher foi na frente, pelo corredor, eu olhei sua bunda — talvez não devesse lhe contar esse detalhe, você certamente jogará isso na minha cara da próxima vez em que brigarmos, dirá mais uma vez Você é um puto, e dirá Safado, ou Sacana. Agora ela sorri, cumprimentando o velho, sorri e diz Como vai, aterrissa sua maleta sobre a mesinha de centro.

(A blusa que veste é larga: ela se abaixa e dá para ver seus peitos pelo decote em V, agarrados de forma frouxa pelo soutien. Mas quando for até o velho, sentado em seu trono de frente à televisão, e se abaixar desse jeito — então não, ele não rolará seus olhos pelos peitos dela, por dentro da blusa, clandestinamente. Ele não faz mais isso. Agora é uma criança, a mulher o trata com cicios, torna a voz mais aguda, toca nele como faria com um cachorro de madame. Ele ficou inofensivo, Mauricio, você mesmo o disse na última vez em que o viu.)

Em que braço vai ser, ela pergunta. O velho não responde, apenas diz que não quer, Se tirar meu sangue eu fico sem, já não tenho muito, ele explica. Depois pergunta se vai doer. Ela promete que não vai tirar todo o sangue, diz Deixo ainda um pouquinho para o senhor. Prepara a agulha, escreve o nome dele nos frascos, tira o torniquete de borracha da maleta, se aproxima e não, ela não tem a mínima ideia. Mas não adianta, Mauricio, não adianta eu contar — ele mesmo, com a voz de bebê, ele iria negar, dizer que é mentira, que sempre foi assim, inofensivo, exatamente como é hoje —; eu falaria à toa.

Vou até a janela (algo costuma dar errado comigo quando vejo sangue. Você se lembra: da vez em que me cortei com a xícara partida, por exemplo; ainda bem que você estava em casa, comigo.

— Sim, eu sempre quebro a louça quando lavo, sempre, por mais cuidado que tome, eu quebro alguma coisa). Olho os carros que fazem voltas na praça, gratuitamente, eles giram e giram — o velho tomava seu banho, fazia a barba, passava um perfume doce demais, ia até o quarto para escolher a roupa. Era o ritual de todo sábado à noite. Me lembro agora, às vezes eu o observava:

de cueca, ele abria as duas portas do guarda-roupa embutido, procurava uma camisa, depois uma calça. E então, Mauricio, ele começava a cantar. Meu terno já virou estopa, dizia, e eu nem sei mais com que roupa (o quarto, a essa altura, já estava infestado com seu perfume), com que roupa que eu vou, ele cantava, pro samba que você me convidou. Ao fim, pegava uma camisa branca, uma calça branca, meias e sapatos brancos — era sempre assim. Penteava o cabelo para trás, lambuzado com uma gosma que o deixava lustroso. Passava o azul da loção pós-barba pelo rosto.

Saía. E na semana seguinte alguma mulher ligaria para casa, às vezes mais de uma. Independentemente dos telefonemas, das mulheres que o procurassem, ele repetiria o ritual no sábado seguinte. (Mas ela não sabe nada disso. Agora ele está de pijama, o rosto rugoso, as bochechas estufadas, a barriga é uma saliência, os olhos estão baços, os cabelos brancos, a boca desdentada; ela não consegue imaginar. Chega perto da poltrona com os materiais preparados para colher o sangue. Manso: ele estende o braço.)

Deixo a janela apenas no momento de acompanhar a mulher de volta até a porta. Pago, ela me dá um recibo, me entrega o protocolo para retirada do resultado dos exames. Obrigado, eu digo, ela comenta Ele é uma gracinha, pergunta

É seu pai. Não respondo, apenas sorrio; Bom dia, eu digo, abro a porta. Ela segue em direção ao elevador, olho mais uma vez sua bunda — não adianta lhe dizer, Mauricio, que não olhei, você me conhece.

Volto para a sala. Quer tomar café, eu afirmo em vez de perguntar, peço Vamos para a cozinha. Não vou comer nada hoje, ele diz. (Ainda segura o pedaço minúsculo de algodão, apertado no ponto onde a mulher lhe enfiou a agulha.) Eu pergunto Por quê, ele conta Faz mais de três dias que não vou ao banheiro. Isso não é um problema, eu digo, repito Vamos para a cozinha — aliviado, penso Pelo menos assim, com prisão de ventre, ele não caga nas calças justamente hoje, que estou aqui; sim, Mauricio, é nisso que eu penso. Não consigo me levantar, ele diz.

Mas é claro que consegue, eu retruco. (Não o ajudo. É preciso que possa lidar com o próprio peso: se não é capaz de se levantar sozinho, tem então que emagrecer, perder alguns quilos.) Vamos, se levanta, eu digo, depois incentivo Você consegue, faça um pouco mais de força. Ele tenta, eu desisto de esperar: vou para a cozinha e ponho a mesa (daquele jeito rebuscado que você tanto gosta, com talheres e pratos de sobra).

Finalmente ele chega. Arrasta os pés, dá passos minúsculos, abre os braços em busca de equilíbrio. Outra vez eu penso Aquele ali não é ele. Também não era ele aquele que estava entalado na poltrona de frente à televisão; sim, de novo eu me dou conta que não sei quem é esse velho que insiste em me chamar de filho.

E enquanto ele amolece o pão no café com leite, come sem ter posto a dentadura, eu me pergunto quando é que finalmente ele morre. (Me lembro do ano em que nasceu, faço as contas, descubro sua idade, traço uma estimativa.) Porque então vão lavar seu corpo, maquiar seu rosto para que não pareça tão morto, vão pentear seus cabelos, exatamente como fizeram com sua mãe, Mauricio. E vão me pedir que leve, como lhe pediram, vão me pedir que escolha algo para o vestir: a roupa com que será enterrado.

Entrarei mais uma vez neste apartamento, irei até o quarto, abrirei o guarda-roupa. Talvez peça para você vir, estar junto comigo. Escolherei: uma camisa branca, uma calça branca, meias e sapatos também brancos. (O velho ainda não acabou de comer, mas já separo seus remédios — três: uma pílula pequena, cor-de-rosa, outra maior, branca, e uma oblonga, com cor de tijolo. Não esquece de tomar isto aqui, eu digo, ele não protesta.) E cantarei Mas agora com que roupa, enquanto separo, escolho a camisa e a calça que ele vai vestir pela última vez, Com que roupa que eu vou, eu cantarei, pro samba que você me convidou.

O perfume dele, doce demais, estará ainda impregnado no quarto. Será preciso mandar tirar suas coisas, esvaziar tudo e depois lavar, deixar arejar para que saia o cheiro. Eu hoje estou pulando como sapo, pra ver se escapo desta praga de urubu. Já estou coberto de farrapo, eu vou acabar ficando nu. Pela última vez essa música.

Mas ele não imagina nada disso, o que passa por minha cabeça. Continua molhando o pão no café com leite. Come. É repulsivo de ver. (À noite, não se preocupe: eu levo o vinho, aquele que você gostou: sim, o Tempranillo do almoço na casa do Franco.) Olha para mim, o velho — ele olha para mim e pergunta O que foi. Sorrio. Mauricio, como eu odeio Noel Rosa.

Voltaste

ANA PAULA LISBOA

"AS BATIDAS NA PORTA ECOARAM como preâmbulo de samba".
— Voltaste!
Logo no quinto mês de gravidez, Jamila teve banzo. A alegria do marido contrastava com a melancolia da grávida, que chorava pelos cantos. A angústia era pelos quatro meses que ainda faltavam. A barriga crescida aumentava a sensação de prisão do casamento, precisaria ficar ali mais tempo do que queria, mais tempo que necessário.
Permaneceu firme aos meses, aos enjoos, às dores, e o parto, sofrido. A criança parecia saber da vontade de liberdade que a mãe tinha e querer ficar no útero, morar na mãe o quanto pudesse. Até que nasceu: menina, preta, pretinha: Dadá.

Ainda esperou o desmame da filha, havia observado atenta, na infância, a cadela de casa que tivera sete filhotes. Nas primeiras semanas, Flor fora puro cuidado, instinto, atenção maior que a própria necessidade de comer ou beber. Mas passou. Nas semanas seguintes, viu os filhotes crescerem e Flor nem sequer olhar para eles. Entendeu desde então que o cuidado talvez tivesse tempo. Já era sabido de Jamila que uns dos xingamentos que ouviria seria o de cachorra, cadela, então não fazia mal imitar o gesto de animal tão querido como foi Flor.

Aos sete meses e um dia de Dadá, Jamila se foi pro mundo, deixando a menina sob os cuidados de Elion e daquela que até então era sua sogra. Não era por mal, era para o bem.

Um salto na cama e ao abrir a porta: ela.

— Voltaste!

O olhar não era o volta arrependida como ele imaginou, era a volta de quem estava pronta, melhor que antes.

Jamila acompanhou por sete anos as fotos a filha crescendo, menina preta, pretinha. A ex-sogra não só abraçou a criação da neta, mas também a escolha da ex-nora. Escondida, lia e escrevia cartas.

Elion não fez cara boa, quando queria, era ruim. Estufou o peito e se arrependeu de não ter cortado o cabelo naquela tarde. Nos milésimos de segundo a porta reviveu os últimos sete anos e só conseguia pensar que precisaria estar mais bonito para aquele encontro.

Jamila permanecia linda, como se o tempo não tivesse passado, na verdade melhor que antes, estava pronta.

— Entra.

As desculpas foram por aparecer àquela hora, que a saudade era muita e por isso não conseguiria dormir sem ver Dadá. A resposta rancorosa era que de que ela sempre foi dada a decisões precipitadas.

— Ela é minha filha!

— Você não pode aparecer do nada depois de sete anos querendo ver sua filha!

Respiraram milésimos de segundos calados.

Não deixou que visse a filha, claro, a faria sofrer tanto quanto havia sofrido antes que pudesse fornecer algum pouquinho de felicidade. Não adiantaram os argumentos da mãe, estava disposto a fazê-la sofrer.

À noite, Elion resolveu se deliciar das viradas da vida numa cerveja com os amigos de trabalho. Nas outras ocasiões, o porre era sempre de melancolia, era o encontro dele com a alegria externa, era sempre dos outros, nunca dele.

Hoje não, hoje Elion era a alegria dele próprio, não precisaria de ninguém. Pagou três rodadas adiantadas, era ele quem faria a felicidade dos melancólicos aquela noite.

Jamila apareceu no bar aos berros, há sete anos ela não berraria, esperaria em silêncio, em casa, o marido para a discussão corriqueira de todas as noites. Agora estava pronta.

Como ele podia ter proibido que a mãe dele a deixasse ver a filha? Como estava ali gastando dinheiro com vagabundas e vagabundos? Como ela podia ser tão egoísta e aparecer sem avisar como se nada tivesse acontecido? Como ela podia nem pedir desculpas?

Duas mesas foram viradas. Três garrafas de cerveja foram quebradas. Cinco copos de vidro voaram na parede. Fechou-se o botequim.

O dia seguinte trouxe Jamila mais calma, ao menos por fora. Adivinhou o plano do ex de fazê-la sofrer tanto quanto possível e quis usar a estratégia da desculpa. Apareceu novamente à porta de surpresa, sabia que a filha estaria na escola. Trouxe bolo de carne, a única coisa que sabia cozinhar, talvez por isso a receita favorita de Elion.

— Não há nada de novo lá no centro da cidade.

Por isso ficaria ali por muito tempo, queria ajudá-lo a criar a menina. Quem sabe não ficasse pra sempre, quem sabe não voltavam, não se entendiam.

Quando a saudade quase lhe obrigava a um beijo não desejado, a filha apareceu. Era mais alta do que imaginava, puxara ao pai. Aos sete anos, Dadá, preta, pretinha, era a criança mais perfeita e iluminada que Jamila já havia visto. Pensou ser um anjo, preto, pretinho.

O uniforme da escola dava a ela um ar de quem tem um futuro pela frente, da inteligência e esperteza que Jamila aprendeu na rua e na vida, fora da escola.

O primeiro abraço foi dado com força, Jamila pensou que fez certo em amamentar o quanto pôde a filha, a menina era forte.

— Voltastes!

— Te levo!

Elion gritou alto que a filha não sairia daquela casa. Jamila gritou mais alto que era direito dela ter a filha. Dadá berrou que iria aonde a mãe fosse.

As duas sorriram um sorriso profundo, em milésimos planejaram na cabeça os próximos sete anos pra compensar anos passados longe, planejaram a vida toda.

Dadá pensou em um quarto novo, pintado de rosa clarinho, teria bonecas pretas, pretinhas e usaria calças nos dias em que quisesse, o pai nunca deixou.

Jamila imaginou o dia que levaria Dadá à praia, a menina ainda não conhecia o mar. Imaginou também vê-la formada, imaginou mais longe ainda, em ver netos e netas.

— Voltaste pra fabricar defunto!

Um rugido interrompeu as imaginações e veio acompanhado de três tiros. Os diários da manhã lamentavam a prisão de um pai dedicado que deixava no mundo uma filha órfã.

Pra que mentir?

CÍNTIA MOSCOVICH

MAIS UMA VEZ, EMERITA OFERECIA-SE DE COSTAS. Os golpes de Arlindo vinham em cadência e, a cada investida, o tronco se projetava para a frente ao mesmo tempo em que ele a puxava pela cintura. Naquela posição de pernas afastadas e retas, o tronco dobrado e amparado pelas mãos que se sustentavam na pia, arreganhava-se em despudor e, à intensidade do desejo de Arlindo, quase enfiava o nariz na cebola picadinha que esperava na tábua de cortar carne.

Domingo era de lei o dia em que Emerita preparava o almoço. Assim, o feijão, que ficara de molho durante a noite, já tinha ido para a panela de pressão. Agora, ela cortava a cebola que ia ser frita e, no ponto de quase queimada, faria um *shhhh* ao ser jogada com óleo e tudo no caldo preto e grosso. Nem bem ela terminava a tarefa, os gêmeos e a mãe anunciaram que iriam sair: os meninos para a pelada, e a mãe para ir comprar pastelão de frango na dona Mirtes.

Como Emerita previu, Arlindo apareceu na cozinha nem bem a porta se havia fechado. Vindo por trás, esfregara-se nela e, mesmo que todo o universo soubesse que ele mandava não só naquela casa como em boa parte do morro, pedira todo meloso para que fizessem *aquilo*. Ela baixou o fogo do feijão e obedeceu.

Enquanto a válvula da pressão girava soltando fumaça, Emerita se ardia esfolada, a carne dele lixando tudo por dentro e, não bastasse sentir a pele áspera, teve que ouvir que tudo seria tão melhor se ela não fosse tão sequinha — e Arlindo se cuspia para deslizar melhor e se locupletar lá dentro. O cuspe não adiantava, nunca tinha adiantado, Arlindo era corpulento e tudo nele era espesso e difícil. Emerita, embora alta, tinha esse desespero de um corpo bem dizer infantil, pouco peito, pouca bunda, poucos pelos, cintura que ainda era de criança, como se a idade adulta tivesse se esquivado dela. Nem sempre tinha sido assim: houve tempo, quando ainda moravam em Niterói e ela namorava o Beto, em que era úmida e abundante. Desde que vieram morar com Arlindo na casa de Tabajaras, ela murchara assim: tinha se tornado seca na primeira vez em que ele colocou a mão nela.

A barra de sabão de coco se desmanchava no pratinho de plástico ao lado da torneira, e ela, sofrendo o queimor, empurrou o quadril contra o homem, gemendo da ardência e para demonstrar que gostava. Finalmente ele soltou uma lamentação e largou as mãos moles da cintura dela.

Emerita secou-se com uma folha de papel toalha e desligou a panela de pressão. Arlindo levantou as calças, sentou numa cadeira e bateu com as duas mãos sobre as coxas. Ela sentou-se em seu colo e falou:

— Você é demais.

Arlindo deu uma gargalhada:

— Você não sabe mentir, Emerita. Nem precisa me agradar, que eu nunca vou deixar falta nada para vocês. É só não contar para Celeste.

Através da janela, podia-se avistar o mar lá bem adiante se encontrando com o céu azul de brigadeiro, os morros envoltos em nuvens luminosas. Ele pediu uma cerveja da geladeira. Ela serviu e foi ultimar o almoço.

As cebolas fritas foram jogadas dentro da panela do feijão ao mesmo tempo em que se ouviu, vinda da rua, a voz esganiçada da mãe avisar que estava chegando.

Os gêmeos correram porta adentro. Celeste veio logo depois e, colocando a embalagem do pastelão em cima da pia, foi contando que tinha demorado porque ficou de conversa com os vizinhos novos que haviam se mudado para o lado do bar do Caco, a mulher era diarista e o filho era um sarará lindo que se chamava Douglas e trabalhava de motoboy numa firma de advogados.

Arlindo, que colocava mais cervejas para gelar, fez com os ombros um jeito de desdém:

— Não gosto de sararás. Gente marrenta.

Mãe e filha se olharam e riram. Arlindo voltou ao sofá com o copo cheio e pediu a um dos gêmeos para ligar a televisão. Celeste sentou-se junto a Arlindo, e deram-se as mãos. Emerita nunca tinha visto a mãe tão feliz como naqueles tempos e sentiu o coração bater de satisfação, ela bem merecia umas felicidades depois de tudo o que aconteceu com a casa em Niterói.

Depois do almoço, Arlindo foi jogar sinuca no bar do Caco com aquele pessoal que não parecia flor que se cheirasse. O resto do dia foi de paz para todos.

Na manhã seguinte, Emerita acordou com o cheiro de café passado. As crianças já tinham saído para a escolinha, e a mãe fritava dois ovos para ela e a filha comerem com pão.

Quando Arlindo apareceu na cozinha, as duas já estavam de saída. Despediram-se com um abaninho enquanto ele enchia a caneca de café.

No caminho, as duas planejavam o aniversário de oito anos dos gêmeos, que ia ter coxinhas, quibes, brigadeiros e até uma torta o Arlindo dera ordem de encomendar. Foi quando avistaram um rapaz alto, cabelo sarará, que empurrava a moto ao lado do corpo. A mãe falou que aquele era o novo vizinho e o chamou pelo nome, encompridando bem o *u*.

Douglas deu volta com o corpo, e Emerita reparou que ele tinha uma tatuagem de caveira enfeitada com rosas no braço. Percebendo que ela olhava para a tatuagem, esclareceu que era um lance mexicano. E, como se fosse sem pensar, comentou:

— Caraca, vocês são muito parecidas.

Emerita se envergonhou sem necessidade, queria se enfurnar num buraco; lembrou que estava atrasada e tinha que ir.

A mãe foi para o lado do centro. Emerita tomou o ônibus.

Durante o trajeto, ia pensando na conversa, não se achava parecida com a mãe em nada, mas em nada mesmo, não entendia como a mãe concordava em tudo com Arlindo, como não achava ruim ter ido morar na casa dele, como obedecia às suas ordens e como aceitava de bom grado tudo o que Arlindo lhe dava. Mais do que tudo, ela não entendia como a mãe iria se demitir do trabalho e montar uma loja de roupas financiada por Arlindo. O que a mãe entendia de comércio?

Estava quase chegando no ponto quando pensou que Douglas era o sarará mais bonito que tinha conhecido. Talvez um dia, quando tivesse coragem de contar tudo para a mãe, pudesse achar um homem bonito sem sentir aquele aperto no coração.

Quando Emerita girou a chave na fechadura do apartamento de Ipanema, os patrões já tinham saído para o trabalho. Ela sabia muito bem o que tinha que fazer e lhe agradava pensar que, quando completasse 18 dali a dois anos, eles assinariam até carteira. Colocou a roupa suja na máquina, lavou a louça, tirou o pó dos móveis e limpou todos os banheiros. Deixou pronta a janta. Quando se deu conta, era hora de sair.

Caminhando pela Barão da Torre em direção ao ponto de ônibus, ela se assustou com a moto que estacionava junto ao meio-fio. Antes que o motoqueiro tirasse o capacete, ela reconheceu a tatuagem de caveira e flores no braço cheio de músculos. Sentiu um calorão ao ver o rosto sorridente de Douglas. Ele falou que a tinha reconhecido de longe, o escritório de advocacia em que trabalhava era ali pertinho, na Farme de Amoedo. E ela falou que, poxa, que coincidência, a família para a qual trabalhava ficava no edifício da esquina. Acharam muita graça de tudo.

Douglas ofereceu carona para casa. Emerita se alvoroçou toda, nunca tinha andado de moto. Ele disse que a hora tinha chegado, deu a ela o capacete sobressalente e ajudou-a a subir na garupa. O coração de Emerita corria de tanta audácia e excitação: toda respeitosa, segurou levemente a cintura dele, atitude que se tornou mais firme quando a moto arrancou.

Nos outros dias daquela semana, Emerita e Douglas se encontraram várias vezes na saída do trabalho. Passeavam de moto na orla e tomavam água de coco em algum quiosque da praia. Na sexta, antes de irem para casa, ele a convidou para um lanche. Pediram dois sucos e sanduíches, à beira dos quais ficaram falando bobagens e conversando da vida. Eram quase dez da noite quando decidiram ir embora.

Ao entrar em casa, Emerita encontrou o padrasto, que estava sentado na cozinha esperando por ela. Ela mentiu o atraso por causa do aniversário de casamento dos patrões, tinha esquecido de avisar. Arlindo falou que telefone servia para essas coisas.

Ao deitar, era a imagem de uma caveira com rosas que rondava na cabeça de Emerita. Tocou-se com imenso fogo numa enxurrada de vontade.

No domingo, o enredo se repetiu: o feijão, a cebola, os gêmeos saindo para o futebol, e a mãe, às compras.

Nem bem a porta bateu, Arlindo entrou na cozinha e fez o que costumava fazer.

O restante do dia seria igual a todos os outros, não fosse pelo fato de que, logo depois que o padrasto saiu para a sinuca no bar do Caco, Emerita e Douglas se encontraram para ir à praia.

Desceram para Copacabana. O Sol ia a pino, a praia estava coalhada de gente. Ela estendeu a canga com o desenho de borboletas e tirou rapidamente o short e a blusinha, com vergonha de se mostrar de biquíni, tão magra e de peitos tão achatados.

Quando Douglas tirou a camiseta, não foi sem fascinação que Emerita se deu conta de que a tatuagem de caveira com rosas ia além do braço e subia pelo ombro, emendando noutra caveira e em mais rosas que se espalhavam até as costas. No peito sem pelos, ele tinha um dragão que soltava fogo, um peixe e uma flor que ela nunca tinha visto. Ele era tudo de bom e um pouco mais. Para confirmar essa impressão, umas meninas sentadas ali pertinho olhavam para Douglas, cochichavam e riam muito.

Tomaram um mate-leão de um vendedor que balançava os barrizinhos e gritava seu pregão com muito empenho.

Foi uma hora em que Douglas, voltando do mar, o sol fazendo dele uma estátua que se desmanchava em água de tão lindo, balançou a cabeça, respingando nela pequenas gotas geladas. Ela protestou com gritinhos, e ele sentou-se grudado a ela na canga.

Emerita passou a mão pelo ombro do garoto e sentiu a firmeza do braço. Fechou os olhos e, com a polpa dos dedos, mediu a distância do ombro ao cotovelo e imaginou que era ali a tatuagem de caveira mexicana enfeitada com rosas. Teve um ímpeto e se abraçou nele; disse, íntima e sem se reconhecer tão sem-vergonha, que queria ir embora dali.

Douglas desvencilhou-se de repente do abraço e levantou-se de um pulo. Olhava para Emerita com olhos arregalados, como quem é surpreendido pelas costas. Agachou-se junto a ela e segurou seu braço com firmeza:

— O que é isso, garota? Nós somos amigos, mas é só. Dá para entender?

Emerita puxou o braço e afastou o tronco dele. Douglas voltou a levantar ao mesmo tempo em que sentenciava:

— Não me leve a mal, mas nem peito você tem.

Ele deu de mão na camisa e na bermuda, deveriam ir embora, estava ficando tarde.

Emerita fez que entendia, que talvez entendesse, que deveria entender. Meio zonza, levantou, sacudiu a canga, vestiu o short e a blusinha. Douglas falou que a levaria em casa.

Aquela semana se arrastou em modorra. Emerita lavou roupa, cozinhou, comprou chocolate em pó e latas de leite condensado para o aniversário dos gêmeos. No domingo, o roteiro de sempre: cebola, feijão, a pelada dos meninos, pastelão.

Quando a porta bateu e todos já se tinham ido, Arlindo não apareceu na cozinha. Emerita sentiu-se incomodada, uma espécie de desajeito, como se fosse um círculo que não cabia dentro de um quadrado. Foi até o quarto onde o padrasto estava deitado. Ajoelhou-se na cama ao lado do homem e beijou-lhe a testa e a boca. Arlindo, surpreso, interrompeu-a:

— Você está saindo com o sarará, não é?

Emerita não respondeu nada. Arlindo abraçou-a e trouxe-a para junto dele:

— Pode sair com quem quiser, não precisa mentir que gosta de mim, Emerita.

Ela retrucou que gostava. Ele apostou:

— Você gosta mesmo é do sarará.

Emerita calou a boca do padrasto com um beijo e disse a ele que queria fazer *aquilo*. Logo, pôs-se de pé, dobrou o corpo com as pernas afastadas e retas, e amparou o corpo com as mãos seguras na janela, a bunda nua e arreganhada.

Agora, o sexo já não era secura e aridez, e Arlindo não precisou cuspir-se para entrar. Emerita se preparara numa abundância viscosa, num desejo que parecia que vinha do início do mundo, que vinha do mar lá bem adiante se encontrando com o céu azul de brigadeiro, dos morros envoltos em nuvens luminosas.

Toda ela se conformou à novidade de sobreviver, que, ao menos naquele momento, parecia ser nada mais do que amar com mentira e odiar com sinceridade.

Quando o samba acabou

FERNANDO MOLICA

PARTIDEIRO QUE É BOM
não traz verso de casa.
Minha rima eu faço aqui,
marcada com ferro em brasa.

Mentira, Maninho sabia. Mas mesmo assim cantava, provocava, irritava. Nem tudo o que se fala ou se canta é verdade. Nem tudo é improviso, feito na hora, na tensão de um duelo, de uma disputa. Não dá pra confiar apenas na inspiração, na capacidade de pular no abismo, de buscar — na lata — palavra e sentido a partir da última sílaba da palavra que fecha o segundo verso. Ainda mais quando a cerveja sobe, a cachaça desce, o calor aumenta, a roda cresce — nem sempre a rima se impõe, cai do céu, incandesce. (Na escola, a professora disse que era bom evitar rimas ao escrever redação. Outra lição que, ainda bem, não foi aprendida).

É preciso se preparar, trabalhar, estudar, consultar dicionários, ler jornal, ver TV, ouvir rádio, saber das novidades no Face. Conhecer o fato, a notícia, o acontecido, o relatado. No nome do bandido, seja traficante ou deputado, pode estar a chave que encerra a disputa, fecha com ouro o tema pautado. Como atleta que se exercita, treina muito, não perde o foco e o desejo de vitória. Foi assim no sábado: preparado, não teve dificuldade de fazer com que Jairo ficasse encalacrado, desnorteado e, enfim, derrotado. Também quem mandou o cara, logo ele, que pena, puxar briga, desafio, partir para ofensa, virar rival? Tudo, como quase sempre, por conta de mulher, da vontade de se mostrar, de se revelar, de ganhar.

Jairo não se contentava com o quase 1,90 m de altura, com os músculos que marcavam a camisa, com os traços fortes do rosto, com os dentes em linha, com cabelo que de tão bem cortado parecia esculpido, qualidades que lhe asseguravam o direito de sair com quem quisesse, de escolher mulher, de arrastar a mais bonita, a mais gostosa, a mais desejada. Não, para ele era preciso mais, precisava versar, cantar, ser admirado. Um canto essencial ao galo que já se impunha pela imagem — força, corpo, penas, crista. Era preciso um inimigo, um outro, um alguém a ser humilhado, enxotado, expulso do terreiro. Ainda mais se esse alguém parece ameaçar sua caça, destaca-se em meio à batida do pandeiro.

O partido corria solto, animado, versos que remetiam ao nome do bairro — Encantado ("Assim com tanta beleza, eu fico até fascinado"). Brincadeira entre amigos, de camaradas, de rimas saudadas por risos, brindes e abraços. Até que Jairo entra na roda, faz cara de desafio, e debochado, começa a falar em desorientado, amedrontado e, maldade, desdentado. Tudo, Maninho saberia depois, por conta de uma moça a quem ele, pouco antes, retribuíra um sorriso e, ao saber seu nome, criara rimas que falavam em sestrosa e melindrosa. Moça do morro, a vira na quadra, no Chalé, no Pendura Saia. Só vira, sorrira e, ali no Quintal, para ela rapidamente versejara. Versos que Jairo tomou como desafio, pretexto pra briga, pra duelo, pra demanda. E tome de falar em folgado, relaxado, e — ofensa maior — cu largado.

Maninho ironizou, quem fica assim irritado, já pensa que foi chifrado. O outro encostou a cara no oponente e, aos gritos, retrucou com magrelo, pé-de-chinelo e se fudeu de verde e amarelo. Foi deixa para Maninho avançar, microfone como arma, danem-se versos, músicas e rimas, a briga seria no braço, de homem não tinha cagaço. Foi quando uns e outros pularam na roda, evitaram os socos, a porrada. Arrastaram os dois pra fora, um pela Guilhermina, outro pela portinha da Ernesto Nunes. Na rua, Maninho ainda cantou e berrou que na hora de versejar, tamanho não era documento e que altura não rimava com talento.

Em casa, não dormiu. Raiva de Jairo, de Rosa, formosa e perigosa; irritado também com ele mesmo pela falta de paciência, pelo descontrole, por dar margem para tanto engano. Mas estava calejado em disputas que, por pouco, não terminavam em briga, em quase tiro, em facada. Gordo, uma vez, ao ser chamado de baleia — aquele que não pega sereia —, dissera que o rival deveria deixar de prosa, pois mulher igual à dele estava assim na Vila Mimosa. Fazer o quê? Não podia deixar de cantar, não dava pra brigar com o verso que por Deus ou pelo diabo lhe era soprado. Não poderia abrir mão de seu talento mais evidente, espertaza que às vezes fazia com que outros, encantados, ignorassem sua pouca altura, o excesso de peso, a falta de dentes, a cara marcada.

Passou a semana quieto, encolhido, pouco saiu de casa, evitou rodas, cancelou compromissos, deu desculpas para não ir aqui ou ali, deixou celular tocar, tocar e tocar. Melhor evitar problema. Soube no morro, por lá de tudo se sabe, que Jairo andou ameaçando, prometendo vingança, dizendo que não ia ficar assim. Que o gorducho marrento de cara marcada se preparasse, sua hora estava perto de chegar. Maninho não fugia de briga, de demanda, mas não queria voltar a duelar. Não com Jairo, não por causa de Rosa — logo com quem, logo por quem. Não havia motivo para tanto, foram só quatro versos, um galanteio de praxe, uma rima fácil e enganosa.

Mas no sábado não teve jeito, não era possível evitar. Batizado da sobrinha, feijoada na laje, a irmã jamais perdoaria uma ausência. E Maninho foi, chegou cedo com intenção de não se demorar, talvez Jairo nem aparecesse por lá. Foi saudado, cobrado pelo sumiço, cadê você, por onde andou, o que houve, rapaz? E tome litrão, cavaco, pandeiro e sete cordas. Deu saudade da farra, da festa; bateu vontade de versejar. Versos pra irmã, pra sobrinha, pro cunhado, dono desta casa onde se faz um feijão tão bem temperado. Maninho nem viu quando

Rosa chegou, chegou de mãos dadas com Jairo. Quando notou, o oponente se posicionara, sorriso no rosto, do outro lado da mesa, da roda. Jairo começou a improvisar. Falou de festa, de samba, de carinho, de amor. Pelo jeito, os chamegos de Rosa haviam desarmado seu verbo, amaciado a verve, aplacado o desejo de vingança. Maninho viu, e fingiu que não viu, Rosa beijar a boca de Jairo, abraçá-lo e enfiar as mãos sob a sua camiseta tão grudada no peito. Desviou o olhar, seguiu no jogo, na brincadeira. E aproveitou para falar em águas passadas, em acabar de vez com desavença, eis aí minha sentença.

Foi a deixa para Jairo virar a mesa e pegá-lo de surpresa. Falou que vida de corno não tem retorno, que pedir arrego é fingimento, que homem que é homem não desiste de ressarcimento. Maninho se viu acuado, só pensou em rima com envergonhado. O drible de Jairo o deixara perdido, sem força, incapaz de reagir. As palavras, antes tão amigas, tinham voado, versos chegavam quebrados, sem brilho, força e sentido. Pior era ver o riso dos amigos, bem ali, na casa da irmã. Alegria que sacramentava a derrota, que ampliava a afronta, a desonra. Pegou então carona em frases antigas, cantadas nem havia duas semanas. Saída pronta, manjada, requentada. Cantou, abaixou os olhos, fingiu que ia ao banheiro, aproveitou a chegada da noite escura, sem lua, e fugiu. Aquele samba acabara.

Desceu pela Jupará, parou num bar, acendeu o cigarro, com gestos, pediu cerveja — traído pelas palavras, achou melhor não falar. De novo voltaria sozinho pra casa, desacompanhado também da beleza dos versos que tanto disfarçavam corpo, rosto e desejo fora de prumo. Jogou um dinheiro na mesa, e saiu. Na bifurcação logo em frente, entraria à esquerda na Cruzeiro, de lá iria para casa. Ouviu os primeiros tiros pouco antes de pegar aquele quase beco. Mais e mais disparos, dava pra ver, lá embaixo, as luzes vermelhas que decoravam os carros da polícia. O confronto se dava na Baianos, a outra perna da forquilha. É de onde vinham os que corriam do conflito, os que arranjavam fôlego, que subiam assustados. Maninho parou no encontro das três ruas, se fez poste que atrapalhava a fuga, que era xingado, empurrado, sai daí maluco, porra, caralho.

O ruído dos tiros — secos, ocos, uns e outros mais ritmados — travava o medo, gerava algum sentido, criava um tipo de percussão. Não havia palavras, nem versos, nem rimas, apenas disparos. O que se apresentava era a chance de um fim, saída possível para uma vida à força enquadrada e metrificada, redenção de uma existência torta, de gostos truncados e não versejados. Maninho se viu correndo, não pela segura Cruzeiro, mas pela quase vazia e, naquele momento, perigosa Baianos. Não precisava esforço, bastava descer, se deixar levar e correr na direção daquele mundo em que nada era dito, rimado, perguntado ou argumentado. Um mundo apenas percussão nascida do ruído de tantas balas. Balas como aquela que entrou pelo ombro direito, como a outra que raspou e marcou ainda mais seu rosto. Como a terceira, a que abriu sua barriga e o jogou no chão, na terra, nas pedras, no cuspe, no catarro, no mijo e na merda dos cachorros. O samba acabaria de vez, não haveria chance de volta. Maninho seria um defunto feio e sujo, cheio de terra e sangue. Que, pelo menos, último desejo, Jairo — bonito, forte, dentes brancos e alinhados, inspiração de tantos versos assassinados ao nascer — não o visse assim, jogado, furado, largado, ressaltado pela dura e implacável luz daquele sol que, em breve, haveria de nascer.

Por causa da hora

FLÁVIO IZHAKI

— MUITO OBRIGADO, deputado pastor Josino, por abrir um espaço na sua agenda.

— De nada, irmão. Mas veja só, eu não entendi exatamente qual é a matéria que te traz até aqui. Meu assessor não soube explicar muito bem.

— Ah, mas é uma matéria importantíssima. Premente! Se me permite, depois da minha explanação tenho certeza que terei o senhor ao meu lado nessa batalha.

— Senhor é aquele que está no céu. Mas qual é a batalha, afinal?

— Sobre o fim do horário de verão.

— Fim do horário de verão?

— Sim. É imperioso que terminemos com isso. Escolhi o senh... desculpe, escolhi o nobre deputado pois sei que não foge do belo combate, que já fez tanto pelo Brasil em causas muito mais complicadas.

— Fim do horário de verão?

— Claro. Mas percebo que está reticente. Posso fazer a minha explanação? Será breve.

— Por favor. Participo de uma comissão que tem início em 10 minutos.

— Sir Robert Milker, matemático britânico do século XIX, tem um axioma que prova que o acaso é a contrarresposta dos números para o equilíbrio. Isso quer dizer que mesmo numa equação constante, há espaço para um resultado que não seja sempre igual.

(faz sinal com a mão para que o deputado tenha calma)

— Ele provou esse axioma a partir de uma equação que, quando desenvolvida ao infinito, não apresenta o mesmo resultado. Essa, na época, era uma das grandes questões que afetavam a crença na matemática como resposta para o mundo. Com esse axioma, o que Sir Milker fez de fato foi aproximar a ciência da religião. Data de 13 séculos antes a famosa explicação da religião católica para o acaso. Hoje em dia parece uma expressão consagrada, mas foi Santo Eulálio quem primeiro disse que o acaso é a mão de Deus interferindo num curso de um rio. Sempre tendi a ficar mais perto da ciência e da matemática do que da religião.

(novamente)

— Mas em se tratando do acaso, minha frase favorita não é a de Santo Eulálio. Foi o filósofo e teólogo Pinchas Teolowicz quem escreveu, em seu livro "Travessia pelos cantos escuros do mundo", que o acaso se dá quando Deus pisca.

(o deputado olha para o relógio)

— Meu interesse pelo acaso não é recente, mas recorrente. A primeira vez que pensei sobre isso foi quando não perdi um amigo próximo num acidente de avião. Ele deveria estar naquele voo, mas aceitou dinheiro da companhia aérea para abrir mão de seu assento num voo anterior por *overbooking*. Fui eu quem comentou com ele sobre a mesma coisa que acontecera comigo um mês antes. De certa maneira eu salvara sua vida. Ou, antes disso, quem me oferecera a possibilidade do *overbooking*. Ou: a pessoa que talvez não aceitara a oferta antes de mim — e, na fila, eu vira uma pessoa negar a proposta. Raul não sabia nada disso e me ligou trêmulo quando soube do acidente, pagando o interurbano do aeroporto de Paris, dizendo que eu lhe salvara a vida. Tentei argumentar, mas ele não admitiu que não fora eu seu Salvador.

(o deputado olha novamente o relógio, agita as mãos)

— Aconteceu de novo menos de um mês depois em circunstâncias menos glamorosas. Eu e Pedro dividíamos uma mesa num aniversário. Ele, bêbado, eu não. Estava tomando um antibiótico. Ele tinha exagerado e queria ficar mais. Eu, sem uma gota de álcool, falei para irmos embora. Depois de uma negociação, ele aceitou ir sem a saideira e levantamos. Andamos até o carro e, de lá, vimos quando um motorista, que depois soubemos estar bêbado, entrou com seu carro nas mesas de bar que estavam na calçada, atingindo bem a cadeira em que meu amigo estava sentado havia poucos segundos. Pedro me abraçou e chorou. Eu, calei. Não adiantou eu falar que não era eu o Salvador, mas Mara, que me passara o resfriado que me fizera tomar o antibiótico. Ou, antes: quem passara para ela.

— Se você puder chegar no horário de verão, por favor.

— Já chego lá. O senhor verá que é tudo uma questão de encadeamento de ideias. Eu precisava me absolver do acaso, me defender daquilo e não conseguia. Passei anos estudando o assunto até que encontrei uma hipótese num livro do próprio Pinchas. Num capítulo ele comentava sobre como o ser humano — nas palavras dele — embaralhou as cartas do acaso quando começou a alterar a concepção de tempo. Ele citou a diferença de horários em diferentes lugares do mundo. Aquilo me deu um clique.

(faz com a mão um sinal de que agora chegará no ponto que quer)

— O conceito de horário de verão foi criado por Benjamin Franklin no século XVII, o que parece não ter nenhuma lógica, visto que, na época, não tínhamos eletricidade, mas tem...

(o pastor faz que vai se levantar)

— Vou pular essa parte então. O horário de verão só foi posto em prática na Europa, e não nos Estados Unidos, no início do século XX, durante a Primeira Guerra Mundial. No Brasil, foi Getúlio Vargas quem o instituiu em 1931. O senhor sabia disso?

— Hã? Não sabia. Mas desculpe, irmão, ainda não entendi o seu ponto. Preciso ir agora.

— Está quase. Prosseguindo. O horário de verão no Brasil inicialmente durou apenas dois anos. O modismo europeu aqui não encontrou muito eco. Na verdade, nas minhas pesquisas só encontrei uma referência daquela época à instituição do horário de verão, um sambinha feito por Noel Rosa chamado "Por causa da hora", de 1931 mesmo. O senhor conhece?

(Faz que não com a cabeça)

— Ah, que bom então que trouxe a música guardada aqui no meu celular. Vamos ouvi-la. É importante.

(enquanto isso, o deputado pega o seu próprio celular e começa a mexer na tela)

— O senhor me desculpe, é que não lido bem com essas modernidades, pedi para o meu filho deixar aqui preparada, mas não consigo encontrá-la. Vejo que entende de celulares. O senhor se importa em procurá-la?

(e estica o aparelho para o deputado, que reluta em pegar o celular)

— Por favor, senhor deputado. Se ouvirmos a música tenho certeza que iluminaremos mais o debate.

— Eu preciso sair em um minuto. Não seria melhor concluirmos?

— Bom, seguirei então sem a música. Mas, por favor, depois procure na internet Noel Rosa, "Por causa da hora". Ou na próxima reunião eu trago a música num outro dispositivo.

(percebe que o deputado vai levantar)

— Mas em 1949, quando o nível das hidrelétricas estavam muito baixos, retomaram essa praga e, desde então, estamos sob o signo do caos.

— Signo do caos?

— Ah, vejo que agora despertei a atenção do senhor. Signo do caos. Está no Eclesiastes. "E então o homem um dia dirá não a Deus, alterará a terra onde vive, o ar em que habita, o tempo em que está circunscrito e viveremos sob o signo do caos.". O senhor certamente conhece essa citação.

— Na verdade, não. A verdade está no Novo Testamento. Mas podemos até procurar aqui, tenho uma edição do Eclesiastes em algum lugar do gabinete.

— É uma passagem escondida, nem todos podem achá-la.

— Sei.

— Acho que o senhor encontraria.

— O horário de verão então nos levou ao signo do caos. Essa é a sua matéria urgente?

— Sim. Vejo que o senhor entendeu!

— Ah, claro. Só tenho outra dúvida. É sobre Santo Eulálio.

— Claro.

— Santo Eulálio... Eu não me recordo dele. Ele também está escondido no Eclesiastes?

— Não, claro que não. Que blasfêmia. O senhor não pode falar uma coisa dessa.

— Ah, desculpe. É que então não o conheço.

— Mas é claro que conhece. Santo Eulálio sou eu.

— Você?

— É. Mas não é de bom tom chamar um santo de você. Eu gosto de sua santitude.

— Sei.

— Eu não queria chegar a esse ponto de ter que me revelar, mas agora que foi preciso, tenho certeza que conto com a sua ajuda para acabarmos com o signo do caos. O senhor, como homem de fé, não pode dizer não a um santo.

— Mas, nós, evangélicos, não temos santos, Santo Eulálio, ó senhor, sua santitude.

— Ah, mas isso é por causa do signo do caos. Está tudo errado. Tudo alterado. Como uma religião não acredita em santos?

— Talvez o irmão, senhor, ó santitude, tenha razão. Faz o seguinte. Agora preciso ir. Fala com meu assessor ali fora e agende outra reunião.

— Ah, sabia que o senhor me ouviria.

— Melhor ainda. Manda seu projeto, já redigido, por e-mail.

— E-mail?

— Isso. Aproveite a anexe a música do Noel Rosa sobre o horário de verão também. Se é que ela existe.

Mulher indigesta

HENRIQUE RODRIGUES

ELA PASSA POR ALI TODAS AS MANHÃS, cabelo molhado, rumo ao ponto de ônibus. Nunca olha para o lado e assim não precisa ouvir o sujeito que diz:

— Se eu te pego eu te *decasco* e chupo todinha, que nem uma laranja.

Faz que não vê, segue para o ponto, checa as horas. Às vezes está um pouco atrasada, o ônibus vem chegando e dá uma acelerada enquanto ouve:

— Com essa massa corrida eu fazia a minha meia água. Sua linda!

Ah, aquela corridinha que parece ficar em câmera lenta e faz parar as britadeiras, a mexida no cimento mingauzinho, o descarregamento de tijolos. Quem nunca descarregou tijolos não sabe que é preciso dar um tapa no ar para prensar os do meio, pois vêm de quatro em quatro — que nem a Copa do Mundo, pensa o Sardinha enquanto faz o movimento mecânico. Ele é bom de imaginar as coisas, por isso é que quando ela passa todos os dias de manhã, improvisa uma homenagem nova. Feito essa agora por conta do vestidinho florido:

— Com esse jardim todo aí é poda certa!

E nas outras vezes:

— Vem cá, loura, que sou veterano.

— Sou figurinha, me lambe e cola no teu álbum.

— Tá com pressa nesse calor? Sua, sua linda!

Mas o Sardinha, galanteador engraçado, não espera retorno nenhum, sequer um sorriso de canto de boca, porque mulher que se preze não cede a cantada de pedreiro. Mas nem por isso vai deixar de cumprir seu ritual diário. A galera meio que já espera. O Freitas, o Ruço e o Pará se divertem com aquilo. Que criativo o Sardinha, tijoleiro hábil com as palavras tanto quanto é para pegar os blocos de cerâmica no ar.

E calhou de chegar um novo caminhão e o descarregamento acontecer logo na hora da passagem. Entre a concentração nos quatro blocos e a atenção à calçada, o Sardinha se distrai e os quatro tijolos lançados tomam novo rumo. Tão importante quanto desejar a mulher que passa é não deixar a plateia dos colegas de trabalho esperando.

Logo você, Sardinha, um exímio manipulador de blocos de barros e de palavras? Logo você, um sujeito respeitado entre os iguais e chefias imediatas? Logo você, que se sente livre apenas no trabalho, feliz da vida por não precisar ficar dentro de casa durante as vinte e quatro horas? Logo você, que casou forçado com aquela balofa que pegou num dia de bebedeira e solidão, e na pressa resultou num filho e casamento forçado? Logo você, que não se separa daquele chefe de fases por conta do amor ao Juninho cujos primeiros dentes começam a nascer? Logo você, Sardinha, que vive atormentado pela dúvida se a gravidez foi acidente ou crime premeditado por ela, que precisava sair de casa porque vivia brigando com a família e procurava um trouxa que a bancasse? Logo você, que bota o feijão com arroz dentro de casa, mas não deixa de beber uma pinga no caminho para, meio entorpecido, conseguir suportar essa vida que não pediu? Mas que vida tinha pedido mesmo?

Poxa, Sardinha, logo você deixa caírem os tijolos porque se distrai enquanto por meio segundo fixa os olhos na gostosa da manhã? E com o impacto, dois tijolos dão uma porrada na sua caixa de catarros, um te quebra os seus dois grandes dentes da frente (que você chama de Torres Gêmeas) e o último te bate bem na testa? Que vacilo, Sardinha!

Mas você acorda segundos depois, Sardinha, e está meio tonto ainda, mas vê que ela está sobre você, numa perspectiva que nunca poderia imaginar, mas que é coisa de sonho vivo.

Aí você sabe que se lascou porque sente o gosto de sangue e passa a mão no rosto e está tudo vermelho. E primeiramente acha que ela vai te achar um cara muito feio nessas condições, mas logo percebe que ela ajuda nos primeiros socorros. Será que ela é enfermeira, Sardinha, que você tirou a sorte grande nessa loteria *onanírica* do imaginário?

❦

    Sônia não quer saber mais dessa coisa de amor desde que se separou de Eduarda. Depois da penúltima escapada, a promessa: não vai acontecer mais, juro. Mas quem segurava aquela preta? Quem resistia ao papo, carisma e corpo da Duda?

    Mal acorda e começa a chorar. Recompõe-se, veste-se para o trabalho, mas repara que não tirou a foto das duas da cortiça. No dia seguinte, ato contínuo, se dá conta de que a blusinha foi presente da Duda. Troca, mas não consegue evitar a lembrança daquele aniversário de seis meses. É uma lenta e longa jornada para Sônia se desprender da namorada. Às vezes, por isso, se atrasa e perde o 689 que passa sempre entre 7h20 e 7h30. Outro depois só em meia hora, o que significa atraso para abrir o salão. E os esporros recorrentes da dona.

    Depois que desistiu finalmente de Duda, Sônia decidiu se fechar. Semana passada foi sozinha no pagode em Realengo e tentou se lembrar de quando, adolescente, ainda pegava uns carinhas. Mas o primeiro papo do machinho bombado, somado à tentativa de parecer mais inteligente do que era de fato, fez Sônia se afastar e ter engulhos. Como é que a Duda conseguia?, pensava já no caminho de volta para casa.

    É que a Duda é assim. Sempre consegue tudo o que quer, quem quer, na hora em que bem pretender. E não leva desaforo, como daquela vez em que as duas andavam de mãos dadas e passaram em frente a uma obra:

— Olha o desperdício!

— Ô Bira, pega a ferramenta que vou bater uma sapata!

Duda partiu pra cima, por pouco não sentou a porrada no peão, que acabou falando fininho pedindo desculpa enquanto ela sentenciava:

— Aposto que você apanha da mulher em casa, seu babaca.

Se antes Sônia nunca deu bola para cantadas de pedreiro, agora mesmo é que ignorava completamente. Inclusive ali na obra nova por onde passa todos os dias enquanto segue para o ponto. Logo que subiram as primeiras vigas, ela se demorou um pouco mais olhando a estrutura do prédio, o que deve ter chamado a atenção dos trabalhadores como um convite para os constantes e tortuosos elogios.

Apesar de passar com pressa e manter o olhar frio o suficiente para não demonstrar nenhuma resposta aos galanteios, Sônia não consegue ignorar a movimentação dos funcionários que estão acudindo um colega:

— Sardinha, acorda, Sardinha! Alguém aí estanca o sangue!

Enquanto se aproxima, os peões abrem caminho em silêncio, cheios de respeito. Sônia sente pena do Sardinha, todo ensanguentado. Tenta se lembrar das aulas de primeiros socorros, mas antes que faça qualquer coisa, ele desperta, ainda zonzo pelo tijolo na testa. A cena a faz se lembrar novamente da Duda, e o que ela teria feito no lugar.

Antes de seguir seu caminho, sem pronunciar frase alguma, Sônia apenas estende a mão e o ajuda a se levantar.

Boa viagem

IVANA ARRUDA LEITE

A VIDA É ENGRAÇADA. Há mais de dez anos levando um casamento de merda nas costas pra, de repente, o cabra me falar que se enrabichou por uma garçonete do bar onde almoça e vai morar com ela.

Vê se pode!

Se soubesse, não tinha aguentado tanto tempo.

Logo que nos casamos, eu vi a fria em que tinha entrado. Preguiçoso, passava o dia no boteco. Batente que é bom, nem pensar. Cada dia uma desculpa. Resfriado, músculos fracos, a vista não anda boa.

Muito de vez em quando ele pegava uns bicos e aparecia com um pé de couve ou uma linguiça se gabando da boniteza.

Se fosse depender dele, eu e os meninos já tínhamos falecido de fome.

Trabalho de segunda a sexta limpando casa de gente rica pra encher o bucho dos três bacuris que a gente pôs no mundo e que não estão nem aí pra saber se o pai presta ou não presta. O que eles querem é feijão na mesa.

Não foi um nem dois patrões que me prometeram mundos e fundos por uma dentada, um tapa na bunda, uma chupada. A tonta aqui refugava.

— Sou casada, deixe de história. Se sua mulher sabe disso, tô no olho da rua.

Desde quando o Augusto merecia tanto sacrifício?

Se até hoje não mandei ele embora, é porque sou benevolente e me faltou coragem. Tinha dó do salafrário.

Pois não é que depois de tantos anos ele me aparece dizendo que vai morar com uma sirigaita?

Quer saber? Morro de dó dessa desinfeliz.

— Fica tranquila que eu não vou deixar você na mão. Nada há de faltar pra você nem pros meninos.

Eu gargalhei na cara dele.

— Acorda, homem de Deus! Quando foi que eu precisei de você pra alguma coisa? Pode deixar que, dos meninos, cuido eu. Some daqui. Não quero ver sua fuça na minha frente nunca mais. Passe bem, vai pela sombra e boa viagem.

Deus queira que a proposta do doutor Rubens ainda esteja de pé.

Filosofia

LUCI COLLIN

(MINHA DOCE E SINGELA BERNARDINA *meu adorável e insigne Josué minha gentil e querida Dora Elisa meu magnífico e invulgar Luiz Renan minha bela e vaporosa Dilcemara meu venerável e estupendo Rui minha sábia e notável Helenice meu excelso e formidável Moacyr: Você pisará na pedra solta e respingará lama na barra da calça Você derrubará a fatia de bolo na blusa cara e novinha Você tropeçará na ponta do tapete falso persa Você assinará na linha errada O cachorro da Dona Nela tão bonzinho foi invocar bem com Você Nossa, ele morde! A panela de pressão explodiu quando Você estava cuidando, a bolsa de valores entrou em alta, uma estrela morreu, nada falaremos sobre o abcesso, a manada desceu a ladeira, a banda não passou e esses são fatos são constatações irreversíveis são ocorrências imutáveis. Marque a alternativa incorreta: A filosofia hoje me auxilia e entendo que a vida é uma m... 1) etáfora 2) ontanha russa 3) elodia 4) entira). — Posso me servir novamente? Essa entradinha gourmet está inefável!*

E ainda disse que é hi-po-crisia da minha parte, dá pra aguentar? Que eu sou só pose, algo "típico da aristocracia"! Ele classifica tudo. E olha a pérola: "dinheiro NÃO compra alegria". Quem é ele pra falar? O cara anda a pé! Não, não tem carro e não vai ter é nunca com aquele salariozinho medíocre de professor! Pente, perdeu faz tempo. Banho, não garanto que é todo dia. Professor de adolescentinho, pensa. Jantar, cinema, balada, tudo de ônibus. Táxi é "ostentação materialista"! No começo até que achei divertido, mas não dá. E nem pra comprar uma camisa decente pra ir no almoço na casa do meu irmão! Gasta tudo em livro desses intelectual idiotinha que ele adora. Tem pilhas, montanhas, no apartamento, não sei nem pra quê. Apartamento não, quartinho fuleiro, num flat de quinta.

Sem essa de o mundo te condena Você não tem mais idade pra lamúrias Você não tem tempo a perder O que vem de baixo não te atinge Não se pode agradar gregos e troianos Pau que nasce torto morre torto É de pequenino que se torce o pepino Em time que está ganhando não se mexe Passa uma borracha no passado Levanta sacode a poeira Não vai bater de frente Tudo vale a pena se a lama é pequena Na vida só se arrependa do que você não fez. Ora, a minha bisavó já dizia que mais vale um pássaro na mão. Ora, se ninguém tem pena de ti sai e dá uma arejada uma espairecida desencana Você tá é precisando ver gente Compra uma oferta boa lá no shopping Um dia é da caça e outro é do caçador Sempre vai ter alguém pra falar mal do teu nome Esquece Bota um sorriso nesta cara Ouça a voz das ruas O sem sal é invisível aos olhos.

E o meu irmão é Pro-cu-ra-dor da Justiça! E já fez muito de ter convidado a gente! E o cara desperdiça a chance de se socializar, sei lá, de conseguir uns contatos, comer umas coisas diferentes. Nem fricassê ele conhecia! Tá é dando um chute na sorte. Ah, depois não vem com mimimi que é CLARO que a sociedade vira tua inimiga! Joguei isso na cara dele. Ah, esqueci de contar dos colegas — tudo professor —, do grupo de chorinho, samba, sei lá eu o que que tocam! Os Acadêmicos do Dasein. O Agostinho, uma barba nojenta, se acha o maior pegador. O Tomás é um virjão de cabelo escorrido de tanto sebo. E um tal de Heráclito! Um comunistinha que se paga de rei da ironia. Tem até um alemãozão, o Martin, de bigodinho e tudo. Olha, te juro, tô fora. Que morra de fome, não tô nem aí. Se quiser morrer de sede pode também.

Sua bota de oncinha é silogismo Seu sorriso sempre a salvo é autopoiesis Suas fases da Lua são teleológicas Seu amanhecer é livre vontade Sua baba é meta-ética Seu batom é solipsismo Seu cachecol é deontológico Seu sangue é indeterminismo Seu verniz é nominalismo Seu adeus é maniqueísmo E eu também. E eu não. E eu com isso.

(Se os loucos não têm nenhum tipo de medo, sou um péssimo louco porque confesso que tive medo o tempo todo quando o carro avançava quando os cavalos avançavam quando os passos avançavam quando a luz avançou. Tive muito medo quando desligaram as vozes quando dançaram sobre as palavras quando riram alto até de madrugada quando cessou o riso e a multidão se esvaiu).

Fiz a Novena de Nossa Senhora de Guadalupe. Graça recebida: a Heloísa Helena se separou daquele imprestável! É, o professorzinho. Experimenta essa, é de castanha. Desses que ganha para iludir a juventude com aquelas coisas de filosofia. A escola hoje devia era passar valores! Antigamente não tinha dessas bobagens. Os meus estudaram sempre em bons colégios. Não sei o que é que a Heloísa Helena viu nesse sujeitinho. Eu disse a ela: filha, esse tipo de relacionamento não-dá-cer-to! É, da malandragem! Diz que cantava num conjunto. Sucesso nada, samba vagabundo! Onde já se viu? Cantar é na igreja! E precisa ver a vestimenta do indivíduo no nosso almoço em família! É, na casa do Luis Osório! Vexame. Um cabelo sem formato, puro desleixo. Nem modos à mesa. Repetiu a entrada, acredita? Nem lhe conto, Izilda! Acho muuuito difícil relacionamento assim, quase impossível, com essas diferenças de educação. De berço. Experimenta essa, é de nozes.

Você nunca saiu bem nas fotos, lembra daquelas de aniversário? Sempre aparecia chorando ou lá lá no fundo ou no colo de uma tia tão incrivelmente chata que até rasgaram a foto bem naquele pedacinho e lá se foi a sua imagem antiga, pra sempre no lixo junto com a tia, e depois naquelas de festinhas na adolescência, cada pose ridícula, a boca torta o cabelo em cima do olho ou olho fechado e a mesma coisa nas fotos de eventos em família, de posse da nova bibliotecária da escola, de casamento da prima grávida, de Páscoa, na casa da madrinha Olívia, de pré-carnaval, de Missa do Galo sempre aquela cara irreversível de: Você mesmo.

A aposta de Pascal: os peixes não vieram os cães não compareceram as pombas se esqueceram os ratos não cumpriram o esperado. A navalha de Ockham: os lençóis romperam vazaram as margaridas nunca existiram os condados foram invadidos pelas tropas os mapas foram mutilados. A escolha de Hobson: os dias se cansaram as estantes se cansaram as réguas se cansaram os peixes não vieram.

Desculpe, sou o que permaneceu. Aquele que acordou cedíssimo, que aguou a muda que murchava, que espanou o sofá onde não se podia jamais sentar, que tomou a sopa num prato emprestado, que limpou a boca num trapo encardido, digo, no linho melhor e absoluto,
    que amparou líquidos com as mãos,
    que mastigou o pão lento porque era o último pedaço e era minúsculo e
    devia durar para sempre.

Vivo indiferente.
Permaneci.

Dama
do Cabaré

LUISA GEISLER

E SÃO ESTES OS 39 MOTIVOS pra gente nunca ficar junto, acho. Talvez não sejam, mas sou meio perdido assim.

• 1 •

Foi no *Cabaret*, na Lapa, que conheci você. Um pub/boate ou o que quer se chamem hoje em dia, desses alternativos. Seria uma noite de tema retrô ou o que quer que se chamem hoje em dia, com pagode, "funks de época" e hits dos anos 90. Tudo muito irônico, com público intelectual, críticos ao machismo na música E todo mundo dançando. Eu não conhecia nada disso, porque nunca conheço nada disso.

• 2 •

Tinha saído do armário duas semanas antes e queria provar pro meu irmão e pros amigos dele que tudo estava bem. Fiz uma coisa que em geral nunca faço, assim provando que estava tudo bem. Nada contra, mas prefiro Civilization. Não que ache que existe um muro entre jogadores de Civilization e dançarinos, mas você entendeu.

• 3 •

O que quero dizer é: você gostava daquilo tudo sim.

• 4 •

Parei na pista por uma eternidade longa o suficiente pra jogar Final Fantasy VII do começo ao final.

• 5 •

Uma amiga do meu irmão saiu pro fumódromo e me chamou, junto com as amigas, pra acompanhar. Por um instante, um milésimo, um raio, pensei: ela só me chamou porque quer mais um amigo gay. Um mascote. Sabe que sou gay. E já estou sofrendo preconceito. Agora.
E aceitei sair, pra onde fosse.

· 6 ·

Sentei num degrau. As garotas foram ficando por perto, fumando e conversando, em gerúndios. Fumavam cigarro Gudang Garam. O fedor do cigarro se misturava aos perfumes delas.

· 7 ·

Você as cumprimentou. Segurava uma garrafa de champanhe aberta e pediu um cigarro. Checaram quem veio com quem, fofocaram sobre pessoas ausentes, sobre o Francisco que não saía mais de casa, sobre a irmã grávida da fulana.

· 8 ·

Eu me levantei.

· 9 ·

Eu não tinha (ou tenho) um gaydar bom. Ou um radar pra pessoas.

· 10 ·

A falta de iluminação dificultava saber. Mas você era (e é) lindo.

• 11 •

Você me olhou. Sorriu. Estendeu a garrafa. Se apresentou. Tomei um gole do bico.

• 12 •

— Sabe o que o *corretor* de imóveis disse? — você disse enquanto acabávamos com a bebida.
— Não.
— Esse prédio tá torto.
Vocês riram.

• 13 •

— Sabe o que o *corretor ortográfico* de imóveis disse? — você disse ao voltar de um grupo de pessoas que tinha mais bebida.
— Não.
— Esse prédio tá mais torto que meu pai.
Vocês riram mais.

• 14 •

— Vocês não querem dançar?
— Não sei dançar — você respondeu. Mas poderia ser eu.

· 15 ·

Você não ficava em pé muito bem. Sentamos no degrau de novo. Bebemos mais champanhe do bico.
— Qual a ocasião? — perguntei.
— Meus veteranos vão se formar. — Você fumava outro Gudang. Não sei como, mas tinha ficado com o maço de cigarros delas. — Relações Internacionais. — Tudo cheirava bem, apesar das nuvens de tabaco de Lucky Strikes em torno de nós.
— Você não preferia estar com eles?
— Na verdade, não — você me olhou. Sorriu. Me estendeu o champanhe.

· 16 ·

Você dizia "estadunidenses", e não "americanos".

· 17 ·

Conversamos sobre as eleições estadunidenses. Você fez mais piadas com trocadilhos. E eram terríveis. E eu ria. Você falava dos seus colegas, que queriam trabalhar com Comércio Exterior.

• 18 •

Você não soube que eu fazia Ciência da Computação.

• 19 •

Você me ensinou:
— Relações Internacionais é tipo Ciências Sociais, enquanto Comércio Exterior é tipo... técnico em administração.
— Com o que trabalha esse sociólogo internacional?
— Boa metáfora. Ah... — Você pausou. Bebeu. Fumou. Pausou. — Dá pra trabalhar com consultoria, ONGs internacionais, ONU, Itamaraty...

• 20 •

Você não soube que eu só queria fazer um aplicativo de qualquer coisa que gerasse algum dinheiro. Depois, virar um acionista majoritário de qualquer coisa. Me tornar um bilionário e financiar jogos underground, menos populares que Fallout.

• 21 •

— Cê é gay? — perguntei. Você começou a gargalhar, deixando a garrafa vazia cair. Ela rolou pelos seus pés. Você ria com o corpo inteiro, chacoalhava as mãos de leve como uma foca treinada prestes a bater palma. Era mais bonito do que soa. E era mais alto do que as conversas abafantes permitiam.

— Desculpa — eu disse. — Não conheço muitos gays. Saí do armário há... duas semanas.

— Cê é gay tem só duas semanas?

— É, um mês, dois, acho — continuei. Você me encarou. — Não sei qual é o... protocolo. Sabe? — Você tinha parado de rir.

— O protocolo gay.

— O protocolo gay.

— Bom, o protocolo gay é parecido com o protocolo hetero, só que é gay.

— Nunca fui muito bom com o protocolo hetero.

Então você me beijou.

• 22 •

Não que você soubesse, eu era tão despreparado a ponto de me assumir antes de beijar um cara. E não que você soubesse, mas aquele era meu primeiro beijo gay. Mas crianças se assumem heterossexuais antes de beijar alguém do sexo oposto. As meninas brincando de casamento. Os meninos com amigas que são de imediato "namoradas". Eu também podia, não?

• 23 •

E eu sabia que tudo isso era errado em termos de protocolo. Mas beijar você era certo.

• 24 •

Tudo cheirava a cigarro Gudang Garam. Tudo é, era, foi, fora e ficou sendo cigarro Gudang Garam.

• 25 •

Acenderam as luzes do fumódromo. O segurança olhou pros três casais que ainda estavam por ali. Chamei um Uber. Quando passamos pela pista rumo à saída, o DJ terminava de guardar o equipamento. Você o cumprimentou.

• 26 •

Meu irmão já tinha ido embora, eu não sabia bem pra onde. Tampouco sabia se isso entrava na tal normalidade que eu defendia.

• 27 •

Meu Uber era um Corolla 2016, preto, com um motorista de nota média 4,9. Apontei o carro:
— Carona?
— Moro perto daqui.
— Deixo você no caminho.
— Vou a pé, baixando o álcool.
— Não é trabalho nenhum.
— Eu realmente prefiro andar.

— Certeza?
— Certeza.

• 28 •

Foi só ao acordar que percebi que não tinha seu celular, ou nome do Facebook ou usuário do Instagram ou Snapchat. E nem uso Snapchat.

• 29 •

Procurei entre as amigas do meu irmão que tinham cumprimentado você. Mandei mensagens pra cada uma delas. Procurei nos perfis, olhei as fotos da noite, revirei as postagens da página oficial da festa.

• 30 •

Mandei uma mensagem pra página oficial do DJ da festa.

• 31 •

Uma das fotos de uma festa seis meses atrás. Um grupo de três garotos e duas garotas com máscara de papel tipo carnaval de Veneza tosco. Se abraçavam e sorriam, bebidas em mãos. Um dos garotos tinha tirado a máscara da mão e a segurava junto de um copo. E era você. Ao fundo, o escuro e umas luzes sem sentido.

Cliquei na pessoa marcada. E era você. Mandei uma mensagem.

• 32 •

Disse que ia caçar Pokémon com Pokémon Go. Lá nos Arcos.
— Tem uns itens raros que só aparecem por lá.

• 33 •

Procurei você por tanto tempo e por tantos cantos da Lapa que um ovo de dez quilômetros, calculado pelo GPS, chocou. Mal notei meu novo Dratini. E depois choquei um ovo de cinco quilômetros e fiquei igualmente infeliz com um Vulpix.

• 34 •

Tentei adicionar você. Mandei mais uma mensagem. Me desculpei pela ansiedade. Me desculpei por tentar contatar de tantos jeitos. Me desculpei por qualquer cagada, o famoso desculpa por qualquer coisa. Juro que fui educado. Você sabe que fui.

• 35 •

Meu celular vibrou. Mas era só uma porra de um Rattata.

· 36 ·

De volta aos Arcos, estourando o limite da 3g, mandei mais mensagens pras amigas do meu irmão. Não tinham visualizado as primeiras ainda, mas mandei o link do perfil que tinha encontrado. Perguntei se era você. Se sabiam se era comprometido. Se sabiam onde morava.

· 37 ·

Meu celular vibrou. E de novo. Eram mensagens de um número desconhecido. Vibrou de novo.

· 38 ·

+55 21 96437033:
olha so
+55 21 96437033:
ce precisa muito arranjar uma vida
+55 21 96437033:
vsf
+55 21 96437033:
stalker da porra
+55 21 96437033:
para de ficar perseguindo meus amigos
+55 21 96437033:
tipo, ce entendeu tudo errado

+55 21 96437033:
claramente
+55 21 96437033:
ok que ce é novo, empolgado, ingenuo mesmo
+55 21 96437033:
mas pessoal da RI, que nem o pessoal da boemia
+55 21 96437033:
usa e abusa da diplomacia
+55 21 96437033:
mas não gosta de ninguém
+55 21 96437033:
ce tem que ter isso em mente
+55 21 96437033:
deve ter uns 39 motivos pra gente nunca ficar junto, entende?
+55 21 96437033:
a gente nem transou
+55 21 96437033:
para de entender as coisa errado
+55 21 96437033:
eu ainda tenho a educação de parar e te explicar isso
+55 21 96437033:
get a life

· *39* ·

O número me bloqueou.

Pela décima vez

MANUELA OITICICA

AH, VAI.
Vai ficar encostada na plaqueta da promoção de Guaravita, vai pedir varejo fiado (o do filtro amarelo). Fumar tossindo, a cada pigarro perguntando: que porra? Vai dar duas da manhã e tu vai tar na esquina do nada com coisa alguma reciclando lembranças defuntas de amor envelhecido.
A pergunta vem resfolegando, onde foi que eu me meti. Daí vai fazer versinho em guardanapo de joelho mal dormido se achando bukowski-maiakovski — ou Chrigor do Exalta — quando na verdade o guardanapo você vai usar mesmo quando for ao banheiro de cordinha encardida e perceber que não tem papel.

Ficar equilibrada entre o vaso e a calcinha. Você eu não sei, mas eu me divirto em ver o apreço na escolha desse short jeans surrado com uma blusinha-que-combina — a escolha que se desfaz quando volta pra casa meio de porre, meio sozinha, e é substituída em vão por uma camiseta de dormir já baqueada na manga com os dizeres fulano vereador ou carnaval de 86.

Me divirto porque, rapaz, aprender você não aprende. Jura por um deus que mal acredita em uma cama que — aliás — está mal forrada. Mas não, insiste em se lamentar. O costume é a força. Dizem. Eu me divirto porque alguém tem que rir. São 7 bilhões de pessoas: você escolha a mesma.

(...)

Não chora.

(...)

Em vez disso, abre o e-mail, deve ter alguma mensagem daquelas que você marcou pra ler no dia do quando tivesse tempo. Vai-que. Ou então abre a janela anônima e fecha a cortina. Xvideos, Redtube.

Não chora. Você faz igual e quer diferente, chega dói. Ah, mas ele, ah, mas ela. Vai mesmo passar a noite encostada nesta placa?

CAFÉZINHO	....	R$ 2,00
DREHER	....	R$ 5,00
DOMECQ	....	R$ 7,00
CARACU 1 OVO	....	R$ 4,00
FOGO PAULISTA	....	R$ 5,50
E TU	....	Com essa cara de vida mal vivida

Se emputece — sim. Xinga o mundo e bica a barata voadora nascida e criada no bueiro do teu bar preferido — aquele em que você tem conta até hoje não paga. Diz bem alto no silêncio da tua boca: agora vai. Tosse e apaga o cigarro. Pisa decidida. Quem quer saber de quem não vale metade de uma olheira? Jura de novo, dessa vez com a força dos bebuns resolutos, o cara do balcão por testemunha. Desencosta da placa.

Isso.

Respira.

Respira e repete.

Eu vou seguir minha vida (opção: a porra da minha vida). Daqui por diante.

Então o ar ficou mais fino, toda aquela bebedeira pareceu desnecessária, ninguém aqui vai ser salvo por uma dose de rum Montilla. Os cigarros acabaram, um só ainda no chão morrendo aos poucos depois da última pisada. Quase deu para ouvir o estribilho de Cidade Maravilhosa acendendo as luzes da festa. Para de bicar as baratas, pendura logo essa conta e vai chorar na cama que é lugar quente. Não, não, a tábua de inox não te lembra ninguém, o diálogo do filme dublado na tevê é igual a qualquer outro, de qualquer filme reprisado que não tinha que ficar enchendo nossos ouvidos no botequim. Lembre-se: a porra da minha vida daqui por diante.

O velhinho chegou todo trabalhado na pinga. Sem camisa, short amarelo: deu a ele a última moeda pensando que era pra coisa à toa de cachaça. Confiante que estava da volta por cima, da placa desencostada, não esperava, né, que o demônio enfiasse a moeda na Jukebox?

Ah, vai.

Vai sentir cada nota da música amarfanhando o tórax contra o abdômen — arame inteiro farpado rabiscando tua garganta. O costume é a força, meu bem, ponto final não se dá por decreto. *Daqui por diante*, ah, as ferozes palavras. Tinha jogado o cigarro no chão e pisado? Ah, os gestos decisivos. A última moeda tu deu pra virar a música que te revira, meu bem. É de amores reciclados que se vai puindo a vida. Apanha logo o cigarro do chão. E fuma.

Gago apaixonado

MARCELINO FREIRE

Nenhuma palavra. É um mundo só. De silêncio. Nem o barulho da moeda é um barulho. Os poucos grãos do dinheiro. Uma falência amarela.

É assim o mendigo à porta da praça.

Todo mendigo vive em outro planeta. É primitiva a cratera no peito. Os ossos alienígenas.

Levo uma sopa e puxo um papo. Digo algo. O mendigo não diz. Parece que carrega uma flecha. Na caçada noturna. Enfia-se entre os cotovelos do papelão. Disso tenho pena. Imagine viver sem uma cama? Nenhum tiquinho de abraço?

Sabia?

Foi um amor.

Gorjeia em meu ouvido um taxista. Conta que o mendigo já foi gente. E amava.

A cidade sempre imagina um destino para os miseráveis. Uma desculpa para essa merda de vida. Uma hora é a droga. Perdeu a luta contra o crack, que bosta. De outra vez, a febre retirante. Ele, coitado, não tem mais como retornar para o Nordeste. E, no mais do mais, apostam ser um caso de loucura. De uma paixão fulminante.

Coração oco.

Sabia?

Perdeu tudo para uma mulher aí, a maldita.

Ontem, levei umas roupas. Ele não agradece. Vive como se estivesse em uma poeira de nuvem. Por dentro de uma água. É um peixe de perfil.

Não fede.

Vive limpo. Permanece à espera. Eu tento entender, estender a mão. Fiz um café. Ele tomou.

Neste frio, você pode pegar uma pneumonia. É frígida demais essa solidão.

Eu também sofro de amor.

Sabia?

Eu não digo, eu penso. E mendigo que é mendigo lê pensamento. Vasculha nossas sujidades. Vai fundo ao fundo de qualquer abismo.

É isto.

Eu, ajudando um maior abandonado, estarei me ajudando. Somos irmãos na mesma desgraça.

Quer que eu conte?

Ela chegou, sorrateira. Solteira, um cacho de humildade. Não tinha nem onde morar. Era do interior, moça de pai agricultor.

A gente não quer deixar ninguém na mão. E a oportunidade que era. Vinte anos mais nova do que eu.

Chamava-se Bia.

Eu moro nesse edifício. Há muito tempo. Põe tempo. Sou professor de Linguística.

Todo mendigo é professor de Linguística.

Eu mesmo ri de minha piada.

É uma constatação: os ruídos da rua. As buzinas. Os besouros. Os ratos em comunhão pelos esgotos. As sandálias de quem passa. As botas para cá. As botinas. O vento plástico. A chuva que faz riacho nos pés. As unhas raspando as feridas. As feridas gagas. Toda ferida separa as sílabas. É uma dor.

Uma dor estendida.

Continuei o meu relato: aí eu trouxe a estrangeira para casa. Paguei curso de informática. Estourei conta bancária. E ela nunca disse que me amava. No máximo, um beijo na testa. Você acredita nessa? O povo achando que trepávamos, animalescos. Fodi-me. Digo a você, meu amigo, eu me fodi muito.

Acendi um cigarro. Ao seu lado, nós dois só iluminados pela brasa. E você? Tem família? Deixou alguém pelo mundo?

Não responde.

É uma noite que se arrasta. E não há sol que a ilumine.

Um dia, Bia sumiu de mim. Sem dizer nada, nenhuma cartinha. Um telefonema, um agradecimento. Uma saudade, um sermão. Onde falhei se tenho bom coração? Se sou um homem que merece a grande sorte? Ouro, atenção? Invejo quem não é romântico.

Um vulcão adormecido.

Virei um vulcão.

Sabia?

Velho, apenas isto. Um vulcão velho. Não acredito mais na humanidade, querido. Essa indústria idiota. Esse progresso azul. Meu apartamento, mesmo. Não suporto mais ficar largado lá. Em toda parede ela está. No cheiro do banheiro. Nos fios das almofadas. Até, creia, no liquidificador, ela deixou uma lembrança triturada. Ingrata, ingrata. As vitaminas A, B, C. Fui ou não fui eu, euzinho, os nutrientes da infeliz?

Sa-ú-de.

Sa-ú-de.

Busquei de dentro da sacola um conhaque bem barato. A cidade anda com temperaturas abaixo de dez. Mas me fale. Você já teve um passado glorioso? Já foi dono de terras? Confie em mim, por favor. Não precisa nem dizer que é verídico. Apenas estou aqui, fraternal. Para o quer der e vier, ambos moribundos.

Uma mulher também me abandonou.

Conheceu um carinha aí, de moto.

Motoboy.

Sabia?

Não deve estar feliz. Felicidade requer simplicidade. O motoboy parecia um agrotóxico. Entende o que eu quero dizer? Ela poderia ficar comigo, mesmo tendo outro. Quem sou eu para ser espantalho? A gente entraria em um acordo.

Nenhuma palavra. Parece que hoje em dia ninguém mais fala. Ninguém mais se comunica. Gente de cabeça baixa, o tempo inteiro, no celular, de alma corcunda. Ela passava horas e horas nas curtições. Foi aí, principalmente, o começo de nosso fracasso. Logo eu, professor dos bons. Justo eu, ignorado.

Foi ficando tarde.

Deu a hora de eu me despedir. Qual mendigo gosta que invadam a sua casa? Pedi desculpas. Só achei por bem com alguém desabafar. De qualquer forma, me colocar à sua disposição.

O sofá no mesmo lugar.

Meu apartamento demais comprido.

Estendido.

E o soluço que me dá. Toda vez que bebo mais do que devia. Cuidado! Dizem, por aí, que foi um grande amor que fez o mendigo perder a voz que tinha.

Sabia?

Nã nã não sa sa sa bia.

Três apitos

◆

MARCELO MOUTINHO

— DEU POSITIVO.

Sempre esperei ouvir essas duas palavras em sequência. Sobretudo nos últimos seis meses, quando vínhamos tentando quase diariamente, hoje a tabela tá boa, goza dentro, não deixa escapar nada, vamos lá.

Eu queria uma menina; ele, menino. Vou ensinar a jogar bola, dizia. Você pode ensinar a Carolina a jogar bola também, retrucava eu. Carolina. Ainda não havia sequer a sombra de uma fecundação e o nome dela já povoava nossas conversas. E se for homem? Pedro. Ou João, como o avô.

Os preparativos para o bebê que chegaria mobilizaram a família. Ou melhor, as famílias. Minha mãe se dispôs a vender a casa de vila que herdara da tia Hermengarda, e que ficava no Lins, para nos ajudar a dar entrada num apartamento próprio. Parte do enxoval ganharíamos da prima Lívia. A filha dela começara a andar, já não usava mais o berço e a maior parte das roupas de recém-nascida. Meu futuro sogro, fascinado com a ideia do primeiro neto, prometia um reembolso mensal que, sabíamos, tinha muito de entusiasmo e quase nada de possibilidade. Paulo preferia jogar no bicho, inventava as mais improváveis conexões para justificar as apostas em nome de uma poupança boa para a vida a dois, a três. O cachorro que cruzou nosso caminho, a galinha à cabidela que um amigo do trabalho cozinhou no fim de semana, o chumaço de algodão a lembrar a lã de carneiro. Se recebia uma senha de espera, um código de acesso, o número logo virava milhar na banca da esquina.

Namorávamos fazia três anos e oito meses. Parecia ter se passado tempo suficiente, entre afinidades e aborrecimentos, para testar a viabilidade da relação. Aos trinta e dois anos, já não acreditava em casais perfeitos. Tinha consciência de que rusgas, idiossincrasias, vacilações fazem parte do pacto amoroso. Tantas vezes me detive observando Paulo sem que ele notasse, os atos mais fortuitos, mais desinteressados, até recortar do plano de fundo a gênese de um pai. O pai de Carolina, de Pedro, de João, de quem Deus de bom grado colocasse em nosso caminho.

O positivo, no entanto, era para HIV.

❖

Não esquecer de tomar os três comprimidos.
Não esquecer de tomar os três comprimidos.
Não esquecer de tomar os três comprimidos.

❖

A Zidovudina e a Lamivudina você ingere pela manhã, após o café. Na hora do jantar, repete a dose dos dois. O Efavirenz é melhor deixar para a noite, antes de dormir, porque pode causar sonolência, enjoo, às vezes dá até uma onda.

Doutor Jorge fez as recomendações assim que saiu o exame confirmatório, e sugeriu que eu programasse algum dispositivo para me lembrar da medicação. "Tem uns aplicativos de celular que fazem isso bem. O importante é não deixar de tomar os comprimidos. Quando você não toma, o vírus pode começar a criar resistência aos remédios."

O doutor disse também que, seguindo direitinho a prescrição, dificilmente eu teria problemas relacionados ao HIV. Que aquelas imagens de pessoas esqueléticas, quase sem cabelo, eram coisa do passado, porque o tratamento evoluiu muito nas últimas décadas.

"Depois de alguns meses tomando o remédio, sua carga viral vai ficar indetectável, aí a gente vai passar a se ver só de seis em seis meses, para checar os exames gerais, hemograma, glicose, colesterol."

Confesso que achei o discurso edulcorante demais. Aids, eu tenho Aids, as palavras giravam em minha cabeça procurando um canto onde pudessem se aquietar, se esconder como o vírus acuado pelo coquetel no interior das células.

"O coquetel não vai curar você, os remédios não conseguem eliminar completamente o HIV do organismo, mas eles impedem que se reproduza e detone suas defesas. Por isso é fundamental tomar todo dia, e nos horários certinhos."

Além de cordial, doutor Jorge era didático. Me explicou o porquê de cada exame solicitado ao laboratório, a importância de manter um CD4 alto — "são linfócitos; quando o CD4 está baixo, significa que a imunidade está baixa", detalhou. Disse que eu deveria zelar por uma vida saudável, com exercícios físicos, boas horas de sono, alimentação legal.

"Toma, aqui estão os pedidos. Você leva em qualquer posto de saúde e retira os medicamentos. Não tem burocracia, e é de graça."

Ao sair do consultório, sentia um misto de alívio e pressa. Se as orientações do doutor Jorge haviam de fato me acalmado, e de repente tinha a impressão de que não, não morreria em dois ou três anos, estava ansiosa em começar o tratamento, em ver a carga viral minguando, o sistema imune se recuperar.

Senti o estômago vazio, não havia tomado café. Sentei-me numa lanchonete, ali mesmo no Largo do Machado, para um salgado e um suco. Enquanto comia, pesquisei rapidamente na internet os aplicativos disponíveis. Baixei o que me pareceu mais promissor. Um apito soaria a cada horário programado. E eu nunca mais desligaria o telefone.

❧

Não esquecer de tomar os comprimidos.
Não esquecer de tomar os comprimidos.
Não esquecer de tomar os comprimidos.

❧

"Impossível precisar quando você se contaminou. Pode ter sido há um ano, há cinco anos, há mais tempo que isso." Doutor Jorge foi enfático.

Por algum tempo, contudo, escrutinei o passado para tentar descobrir quem poderia ter me transmitido o HIV. Namoricos, flertes rápidos, transas de uma noite. A camisinha colocada quando o parceiro já estava muito perto de gozar, preliminares talvez demasiadamente longas. Talvez. Repassei nomes, rostos, à procura de sinais. Mas o vírus não se deixa ver. Age com discrição, soma forças sem alarde. Bolinhas coloridas de War tomando os territórios passo a passo. Uma guerra silenciosa, como no jogo de tabuleiro.

Compreendi que pouco importa de onde veio, por onde veio, se o preservativo furou. O HIV está dentro do meu corpo.

❧

Paulo morava na Rua Uruguai, 192, entre a Carvalho Alvim e a Barão de Mesquita. Noventa e dois é urso, repetia sempre. Trabalhava como gerente de um restaurante na Tijuca. Ele costumava ir pessoalmente ao Extra, na Rua Maxwell, fazer as compras dos produtos de cozinha, além de guardanapos, detergente, essas coisas.

Foi assim que nos conhecemos.

Quando passei a nota com o valor total das compras, me devolveu o papel.

"Pode colocar seu telefone no verso?"

Isso aconteceu há três anos, oito meses e cinco dias. Os cinco dias entre o momento em que recebi o resultado do exame e o momento em que dei a notícia a ele.

Foram, todos esses cinco, dias de ensaio. Pensei em cada frase, na exata conjunção de vocábulos com os quais revelaria, cautelosamente, as recentes informações. O HIV, o tratamento, o futuro.

Mas não haveria futuro com Paulo, logo iria descobrir. "De quem você pegou? Devo estar contaminado também. Você é uma puta. É isso, uma puta. Não sei como pude pensar em ter um filho contigo."

Estávamos sentados sobre a mureta da Praia da Urca, imaginei que fosse um lugar mais leve para ter essa conversa. Fiquei lá sozinha depois que ele disse que eu era uma puta e pegou o primeiro táxi que passou pela rua.

❦

Não esquecer de tomar o comprimido.
Não esquecer de tomar o comprimido.
Não esquecer de tomar o comprimido.

❦

O apito toca às onze da noite. Agora é um só. O avanço científico e a iniciativa do SUS possibilitaram que três medicamentos, um deles novo, fossem reunidos em dose única, o que segundo o doutor Jorge facilita a adesão dos soropositivos.

Soropositivos. Em onze meses, a palavra me soa menos esdrúxula, mais familiar. Ao longo desse período, graças ao aplicativo, só deixei de cumprir a dose diária uma vez. Estava cansada demais — e, vá lá, bêbada —, de modo que o sinal ecoou até a bateria descarregar, sem que eu acordasse.

"Uma vez não tem problema", me acalmou o doutor Jorge quando telefonei para ele, aflita.

Sempre que escuto o apito do aplicativo, lembro do Paulo. Não, ele não tem HIV, como soube pouco depois daquela tarde na Urca. Acho que fez questão que a notícia chegasse até mim, para reiterar que sim, eu sou uma puta. Uma puta aidética. Ele, não.

Ainda assim o som do celular avisando do remédio se confunde com a imagem do rosto bem barbeado, as entradas no cabelo a prenunciar a futura calvície. Se o exame positivo foi uma gravidez às avessas, o toque agudo às onze da noite aciona a reprise daquela cena na Urca, é um reclame do nosso fracasso.

Por mais que eu tenha virado noites tentando baixar o fogo do assombro, buscando rever as fotos do corpo saudável dos momentos de antes, ruminando a presença do vírus, seu cheiro acre no lençol suado, isso não chegou a afetar meu emprego. Consegui modular o alarme, manter a compostura. No Extra, ninguém desconfiou. Trabalhar lá me fazia bem. Quando de manhã cedo pegava no serviço e via as colossais paredes de pedra, os janelões demarcados em branco sobre a murada cinza, a chaminé da fábrica de tecidos que funcionou ali muitos anos antes do supermercado, me dava uma sensação boa, de firmeza, solidez. A impressão de que, embora diferentes, algumas coisas continuam. Como aquela chaminé cor de ferrugem há tanto tempo desativada. A gente consegue enxergar do bairro todo.

As paredes, os lençóis, a mesinha de cabeceira, apenas o branco sobre o branco, sobre o branco, uma placidez enjoativa. O cheiro de éter, que a lavanda dos lençóis não chega a disfarçar, toma conta de tudo. No mais, há um balão de oxigênio e o aparelho de TV, preso à parede, bem no alto.

O braço dói na altura da dobra, o lado contrário do cotovelo. Ao esticá-lo, percebo o roxo das veias que formam um desenho abstrato. A TV não tem som. O único barulho que ouço é o da porta se abrindo, o ruído da parte inferior da madeira arrastando no chão, rangendo.

O homem de jaleco branco, novamente o branco, entra no quarto e me dá bom-dia. A voz é do doutor Jorge, mas quando ele se vira é o rosto do Paulo que vislumbro. Como está se sentindo hoje?, o doutor pergunta. A desconexão entre rosto e fala faz lembrar uma dublagem malfeita.

Como está se sentindo hoje?, ele insiste. Organizo a resposta, mas a frase não sai. O cérebro envia o comando, as letras todas perfeitamente organizadas, e contudo elas não se transformam em fonemas passíveis de entendimento.

Doutor Jorge, Paulo, não se abala. Prepara uma injeção e se aproxima ainda mais. Tento recolher o braço, quero saber o que é aquilo que pretende introjetar no meu corpo, o braço tampouco responde. Ele espeta a agulha.

❧

Acordo.

Desde que comecei a tomar o coquetel, os sonhos se tornaram mais vívidos. Doutor Jorge me disse que é efeito colateral de um dos medicamentos. Que tive até sorte de não sofrer com tonteiras, náusea, dor no estômago.

Doutor Jorge me contou também que, se eu quiser, posso ter um filho. "Quando o paciente é homem, a gente usa uma técnica de lavagem do esperma que praticamente garante a soronegatividade. Quando é mulher, como você, a gente pode administrar a introdução do esperma por meio de uma seringa, ou optar pelo método natural. Com o uso correto da medicação, o risco de transmissão para o bebê é próximo de zero. Caso deseje levar isso à frente, eu indico um especialista."

Agradeci.

No preciso instante em que o Paulo entrou no táxi, arquivei a ideia da maternidade. Mais do que isso, a própria ideia do amor. Contar ou não contar, se for apenas uma noite de sexo com preservativo? E se a coisa engrenar? Quão complicado seria ter que explicar que, sim, tenho HIV, mas a quantidade de vírus não é suficiente para contaminar alguém? Ainda não existe coquetel para o medo. Melhor esperar a cura.

Enquanto isso, estudar. Sempre gostei mesmo de ler. Biografias, romances. As meninas no Extra adoram me sacanear por causa disso, me chamam de Professora. Fiz um acordo com o Guilherme, chefe do RH, e ele passou a me deixar sair mais cedo para as aulas. A jornada dupla não é mole, preciso chegar cedíssimo ao mercado para compensar as horas, e a faculdade vai até quase onze da noite.

O Paulo nunca simpatizou com o Guilherme. Dizia que meu chefe é grosso, impertinente. Mas acho que não passa de ciúmes.

Se não fosse, por que o Guilherme nunca teria tentado nada comigo depois que o Paulo parou de aparecer no Extra? Sim. Desde nossa conversa na mureta, ele nunca mais fez compras lá.

❦

Não esquecer.
Não esquecer.
Não esquecer.

❦

No mês passado, Guilherme recebeu uma proposta de um supermercado concorrente, o Guanabara. Salário maior, benefícios.

"Pretendo levar pelo menos três funcionárias daqui. Pessoas da minha confiança. Você quer ir?"

Perguntei se o acordo quanto ao horário continuaria de pé, ele disse que sim, que eu poderia continuar a faculdade, e com um aumento.

Nem cumpri o aviso prévio. A proposta foi feita na quinta, já na segunda eu comecei no novo emprego.

O Guanabara fica perto do Extra, também na Rua Maxwell. É um mercado igualmente grande. Meu serviço não mudou muito, me revezo entre a caixa normal e a exclusiva para doze itens, que requer mais agilidade. Tenho bastante prática nesse ofício.

Naquela quarta-feira, estava trabalhando na caixa normal. Era véspera de feriado, a loja lotada, a multidão aproveitava para fazer compras de mês.

Eu havia acabado de voltar do intervalo, começava a engrenar no ritmo costumeiro quando ouvi "Amor, você pegou o queijo prato?".

A voz do Paulo.

Ele deixara a barba crescer, talvez para compensar os cabelos mais ralos. Era o próximo da fila. Falava com uma menina ruiva de vestido rendado e faixa no cabelo. Ela devia ter uns vinte anos de idade. Na altura do baixo-ventre, a barriga marcava o vestido.

"Peguei, tá no carrinho."

Notei que não me viu nos demorados minutos que levei para registrar as compras da senhora da frente. Na vez dele, deixou a ruiva colocar cada um dos artigos na esteira. Pegava no carrinho e entregava a ela, que pousava sobre o caixa. Às vezes, nesse movimento, as mãos dos dois se tocavam.

"Boa tarde", eu disse, ele virou rapidamente a cabeça, com expressão de surpresa. Me encarou por um segundo, dissipado na resposta educada.

"Boa tarde."

Nada mais falou, nem eu. Passei os códigos dos produtos na máquina de leitura com a maior velocidade possível. No saco plástico com as maçãs, e na peça de carne, a etiqueta mal impressa me obrigou a digitar cada número. Oito, eu lia. Oito, redesenhava na mente. Oito, digitava na registradora. Com o máximo cuidado para não errar.

"Total de quatrocentos e trinta e nove, redondos." Reconheci o cartão, era o mesmo de antes.

"Crédito ou débito, senhor?"

"Débito."

Entreguei a ele o comprovante, firmando na memória a sucessão de algarismos. Quatro, três, nove.

"Boa tarde", ele repetiu. E foram embora. Tentei não pensar no assunto nas horas que se seguiram. Me concentrar no trabalho, no redemoinho de gente e carrinhos de compras.

À noite, já em casa, aproveitei o recesso na faculdade para descansar. Fui acordada pelo apito do telefone. Minha porção diária de vida ressoando a doença incurável, ao menos por ora. Enquanto engolia o comprimido com a ajuda de um copo de água morna, lembrei mais uma vez do Paulo, agora a moça ao lado, o cabelo ruivo, o vestido florido que em breve não caberia mais. Quatro, três, nove. Redondos. Com o zero à frente, até que dá uma milhar bonita. Vou tentar a sorte.

Último desejo

MARIA ESTHER MACIEL

ERA UM MOMENTO EM QUE EU não estava preocupado com coisa alguma. Tudo me interessava e nada me prendia. Tinha acabado de me aposentar, não queria saber de me casar de novo e muito menos ter hora para acordar de manhã. E, se isso me deixava com uma inequívoca sensação de liberdade, dava-me também o desconforto de não saber ao certo o que fazer diante da falta de impedimentos para viver.

Logo que me mudei para o pequeno apartamento no centro, onde ainda moro, peguei o hábito de sair toda sexta-feira à noite, meio sem rumo, só pelo gosto de me entregar ao acaso. E foi numa dessas sextas que entrei num bar que fica a três quadras de onde moro e, ao sentar-me, vi Joana, a mulher do meu vizinho de apartamento, que estava sozinha rente ao balcão. O garçom acabara de servir-lhe uma dose de cachaça — pelo menos foi o que deduzi ao avistar o copo e a cor da bebida. Parecia meio resignada a alguma fatalidade, para não dizer farta de alguém ou alguma coisa. Tinha um olhar sem ênfase, a testa franzida.

Levantei-me e fui até ela. Não tinha dúvidas de que me reconheceria, afinal eu morava no andar de cima e não sou assim tão insignificante que passe despercebido aos olhos de alguém que já esteve comigo várias vezes no elevador e me disse bom dia em frente ao portão do prédio. O marido dela, eu conhecia um pouco mais, graças a alguns encontros fortuitos no bar do Amadeu, que fica na rua de trás. Confesso que nunca tive grande apreço por ele, mas tínhamos uma relação, digamos, cordial.

Ela não só me reconheceu como me chamou para conversar. Tinha na voz uma gentileza fria. E a primeira impressão que tive foi de que o que a incomodava era menos uma amargura que uma irritação.

"Qual é mesmo seu nome?", perguntou-me sem levantar os olhos.

"Fábio. O seu é... Joana, não?"

Acertara, por um triz.

"Boa memória", ela sorriu obliquamente.

"Está sozinha? Cadê o Jorge?", arrisquei, sentindo-me ridículo.

"Foi para o inferno", respondeu incisiva.

Diante de meu silêncio, continuou:

"Não tenho mais marido."

O tom da voz já não tinha a rispidez da primeira resposta, o que interpretei como uma tentativa de esconder qualquer vestígio de rancor. Ela chegou mesmo a dar uma impressão de alívio pela forma como falou.

Depois de um silêncio prolongado, por fim prosseguiu:

"Cheguei ao meu limite. Não dava mais para aguentar aquele homem. Aliás, nunca aguentei homem nenhum por muito tempo. E olha que fiquei com esse por quase três anos..."

Tais palavras foram ditas com vigor. E antes que eu me manifestasse, ela se pôs a relatar sua história com Jorge, entre um gole e outro da bebida. Começou pelo dia em se conheceram numa festa junina do colégio Santa Marta:

"Eu estava à beira de uma fogueira no pátio, ele chegou e me perguntou se eu não tinha medo do fogo. Em menos de quinze minutos, estávamos conversando sobre tudo, na maior intimidade. Na semana seguinte, já estávamos morando juntos. Mas nossa felicidade só durou um ano."

Contou que, no decorrer do tempo, descobriu que Jorge gostava de beber mais do que podia. Ela havia tentado convencê-lo a moderar-se na bebida, mas ele teria interpretado isso como um controle. Desde então, recusou-se a dar satisfação do que fazia nas noites em que não voltava para casa antes da meia-noite. Chegava sempre bêbado e, na manhã seguinte, acordava atrasado para o trabalho. Acabou, dessa forma, por perder o emprego.

De fato, lembro-me de tê-lo visto, num início de tarde, bebendo no bar do Amadeu. Acenei-lhe da rua, e ele retribuiu sorridente, sem pejo, movendo o copo num convite. Tive pena do seu estado, mas não pude dar atenção por causa de um compromisso.

Joana não se manteve áspera o tempo todo. Uma ou duas vezes, enxugou os olhos com a manga da blusa, dizendo, em tom de lamento, que ele passara a viver à sua custa e não punha mais um centavo em casa. E ainda ficava nervoso quando era repreendido. Confessou, não sem titubeio, que chegara a sair com outros homens, por pura desforra, e que ele não tinha dado a mínima para isso. Mesmo assim, acrescentou meio a contragosto, gostava do desgraçado e seria difícil viver sem ele.

Um dia, quando ele não voltou para casa até a meia-noite, ela decidiu pôr um ponto final naquela história: juntou toda a roupa dele dentro de uma mala, ajeitou os objetos pequenos em uma sacola e deixou tudo no corredor, do lado de fora do apartamento. Ao chegar, o homem ficou insano: esmurrou a porta e gritou impropérios. No dia seguinte, ao sair para o trabalho, Joana o encontrou dormindo no corredor do prédio, com a cabeça sobre a sacola, as pernas encolhidas.

Depois de ele implorar quase de joelhos, ela resolveu dar-lhe uma nova chance. Não adiantou. Na semana seguinte, ele voltou para a noite e passou a pedir dinheiro emprestado aos amigos. Dois deles a procuraram, um dia, para cobrar o que o marido devia. E quando ela o chamou para conversar a sério, Jorge reagiu, agressivo.

"Não sou mulher de engolir desaforo", ela disse, aumentando a voz. "Quando ele segurou meu braço com força, cuspi no seu rosto. Foi o bastante para que ele começasse a despejar sobre mim todos os palavrões do mundo. Se eu não tomasse uma decisão firme, ele ia arruinar de vez a minha vida."

Naquela noite, contou, foi ela quem não voltou para casa. Passou num bar e, depois, na companhia de um sujeito que não conhecia, foi parar numa boate das redondezas. Quando voltou, Jorge estava um lixo. E ela idem. Ele pediu-lhe perdão e disse que tinha muita coisa para falar, mas estava com as palavras presas na boca. Joana, naquela mesma noite, o expulsou.

Pelo que me disse, voltaram a se ver pouco antes de ela ir para o bar em que nos encontramos. Ele havia lhe prometido mundos e fundos se o deixasse voltar para casa. Ela não quis. Foi então que ele teria dito — murcho e com os olhos insones — que tinha uma coisa para lhe pedir. Um último desejo.

Por mais que eu insistisse, Joana não quis contar qual era o desejo de Jorge. Apenas falou que não podia negar um último pedido de ninguém. E engoliu as palavras, mordendo o lábio. Ainda permaneci no bar com ela por um tempo, o suficiente para esperar que o álcool a levasse a revelar o segredo que já começava a me afligir. Em vão. Quando saí, ela continuava incrivelmente lúcida.

Não vi mais nenhum dos dois depois desse encontro. No prédio, nenhum sinal que pudesse me dar uma pista do que acontecera depois daquela noite. Nos bares do entorno, tampouco tive notícia deles. No entanto, acho que sei o que houve. Só não posso dizer aqui.

Mulato bamba

NEI LOPES

(Com um alô pro João Máximo)

A CARTA, CURTA E GROSSA, chegou pelo correio, sem menção do remetente e com carimbo da agência de Itaguaí, lá onde o vento faz a volta. Era assinada apenas assim: "Doca". E isso deixou Noel encafifado. Porque "Doca", pra ele, só podia ser ela. Mas tinha também... Ele. E aí é que estava o "x" do problema; a incógnita de uma equação de altíssimo grau; que só se resolvia, ou não, lá nas quebradas, no cocuruto, do Salgueiro.

O Morro do Salgueiro é tudo aquilo que se vê, do final da General Roca pra cima, indo da Praça Saenz Peña. Pode subir também pela Rua dos Araújos, mas a do "presidente da Argentina" é que manda mesmo.

Seu Vagalume, nego velho que entende mais de samba do que todos nós, diz que o Morro é o "bamba dos bambas; a Academia do Samba; o Inferno de Dante e ao mesmo tempo um Céu aberto!". Noel concordava. Porque tinha lá grandes amizades. E volta e meia tirava um samba falando no Salgueiro. Mais até do que fez pra Vila. E a nossa turma sabe disso: bom mesmo é lá em cima, em qualquer um daqueles sambas que tem por lá.

Veja só: na parte do Canto tem o Verde e Branco; no Sunga tem o Azul e Rosa, e na Mirandela tem o Azul e Branco do Salgueiro. Então já viu, né? No carnaval, nossa mãe do céu, é um Deus nos acuda; um pega pra capar!! O Verde e Branco quer tirar na frente das outras; e as outras também querem ganhar. É um cu pra conferir. Mas, mesmo assim, com essa rivalidade, o Morro consegue ser o bambambã. Imagina, então, se juntassem e fizessem uma escola só, inclusive trazendo o Deixa Malhar, que é da vizinhança e é vermelho e branco, uma cor mais animada. Aí mesmo é que ninguém ia conseguir derrubar.

Ano passado, a Depois eu Digo, que é o "Verde e Branco", veio em terceiro; o Azul e Branco veio em sétimo; e o "Azul e Rosa", Unidos do Salgueiro, tirou em décimo quarto, no penúltimo lugar. Se houvesse união... Noel sempre falou isso. Inclusive ele usava os artigos direitinho: "o" Azul e Rosa e "a" Depois eu digo — "o" era "o cordão", coisa da antiga; e "a" era "a escola", coisa de agora.

Ele se preocupava, mesmo, porque gostava de verdade. E um dia me contou como tudo começou.

Foi num carnaval na Praça Onze. O Azul e Rosa tinha um samba muito bonito e animado — do Antenor Gargalhada, claro! — Era daqueles em que a bateria descai na segunda e volta com toda a força na primeira, chamada pela entrada violenta dos chocalhos.

Pois foi assim. Quando os chocalhos chamaram a bateria, com aqueles milhões de arrebites se chocando uns contra os outros dentro das latas, ele se arrepiou todo e firmou a vista. E o que viu foi um mulato dobrado, só um, com quase dois metros de altura, forte pra cachorro, com cada muque do tamanho de um bonde, e de camiseta, pra mostrar o físico. Em cada mão um chocalho; daqueles de metal cromado, brilhando, do tamanho de uma lata de óleo cada um; os cabos do comprimento de um braço. Ele chocalhava pra direita e pra esquerda, cruzando uma peça com a outra na altura da cabeça; e quando o samba entrava na segunda, ficava só na maciota, marcando o ritmo.

Aí, terminada a segunda, ele chamava o resto da bateria; e começava outra vez:

Tchek-tchek,tchek,tchek,tchek,tchirrrrsrsrsrs!!!
Tchek-tchek,tchek,tchek,tchek, tchirrrrsrsrsrs!!!

Era feito uma locomotiva, uma maria-fumaça embalada — como Noel me contou.

Quem apresentou ele foi o Canuto, na primeira vez que Noel subiu o Salgueiro. Noel cantava no rádio, mas ainda não era conhecido; e conheceu Canuto no Faz Vergonha, que era o bloco de sujo da rapaziada da Vila no carnaval.

Canuto era um crioulo grande também, mas era magro. Se defendia lustrando móveis, como todo malandro. Falava macio, com aquelas gírias engraçadas que ele mesmo inventava. Noel apreciava o modo de ele tocar tamborim, com o dedo indicador, só marcando o compasso (*ta-ta-tatatá...ta-ta--tatatá...*); e de olhos fechados, pra sentir melhor a cadência. Canuto era o maior de todos. Foi ele que apresentou ao nosso Poeta o verdadeiro samba; e Noel não só aprendeu como ensinou também o que sabia, principalmente aos crioulos que tomou como parceiros.

Nesse dia em que subiu o Morro pela primeira vez Noel conheceu Antenor Gargalhada, e figuras importantes como Manel Macaco, Chaminé, Tio Antero, Tio Castorino, Suarão, Oscar Monteiro, Neca da Baiana... E aí, sentindo o perfume do Royal Briar e vendo o "Mulato do Chocalho" num canto, arredio, olhando com o rabo do olho, perguntou quem era. Canuto torceu a cara, dando a entender que não valia a pena a apresentação, mas disse o nome do malandro; e entre uma bicada e outra no copinho de traçado contou:

Era conhecido como Doca; Doca da Chica, em alusão à senhora sua mãe. De quem nunca se separara, e a quem prometera morrer solteiro, como rezava a lenda espalhada por conta das muitas mulheres que por ele morreram e mataram, sem entretanto conseguirem pelo menos um momento de amor. Doca da Chica ("aquela velha feiticeira" — como diziam as despeitadas). Mas lá embaixo, era o Doca do Salgueiro, o bambambã dos bambambãs.

Ainda bem novo, o malandro arrumou um biscate no Cais do Porto, como bagrinho, estivador sem matrícula. Logo numa das primeiras semanas, alguém achou que o pagamento era pouco e instigou os colegas a reclamar.

Queriam mais 10 tostões, em cada jornada, pelo carreto de uma partida de carne-seca que tinha chegado do sul. Os donos da carga não concordaram e trataram mal os estivadores e arrumadores. Doca tomou a frente e foi empurrado por um conferente. Rápido, abaixou, descalçou o tamanco, enfiou cada um em uma das mãos e saiu dando. Só na cara.

Na iminência da dupla tamancada, um português sacou do trabuco. Mas Doca desarmou o patrício com um golpe só, pegou o Smith-Wesson no chão e enfiou na cintura, dizendo que só brigava na mão. O tempo fechou e o pau comeu feio. Socos, pontapés, tamancadas, pauladas, rasteiras... De vez em quando, caía um dentro d'água. Até que um pelotão do 5º Distrito chegou apitando. Dispersão. Doca foi agarrado, com muito custo, por cinco meganhas; foi metido no tintureiro e acabou na Detenção, pela primeira vez. A primeira de uma série.

Noel, com aquela mania de livro, teatro, cinema, parece que logo viu ali um personagem. E quando o Canuto, afinal, fez a apresentação, o Poeta se desmanchou num elogio rasgado:

"Parabéns, mano velho! Vi você na bateria da escola. Chocalho de responsabilidade, hein!?". O Mulato respondeu na forma do protocolo:

"Aristides dos Santos, seu criado".

Os olhos do ritmista — Noel depois contou — o percorreram de cima até embaixo, como se estivesse lhe tirando as medidas. Ato contínuo, ele olhou fundo nos olhos do moço branco, de um modo esquisito; mas que já expressava amizade e simpatia.

Dali em diante, de vez em quando, por acaso se encontravam: na Praça Saenz Peña (que ele dizia "Sanspena"), no

Boulevard, na Praça Sete, no Largo do Maracanã, na Aldeia Campista, no Andaraí... Noel, mal-ajambrado, vestido de qualquer jeito. Mas o mulato, não; estava sempre muito bem arrumado: terno de linho branco ou cor de creme, camisa de palha de seda; chinelo charlote, cara de gato ou sapato de salto carrapeta; chapéu panamá desabado pra esquerda, cordão de ouro no pescoço, anel no dedo, unhas compridas, sempre feitas, brilhando; e o inconfundível perfume Royal Briar.

Quando chegava, as mulheres ficavam desarvoradas; e ele sempre difícil. Noel, não: era entrão, abusado, entrava de sola.

Os dois se completavam. Então, logo ficaram camaradas.

"Todo mundo te chama de Doca; mas como é mesmo sua 'graça', hein?" — O bambambã sorriu de lado:

"Aristides, seu Noel. Aristides dos Santos. O senhor sabe..."

"O Senhor está no céu, conterrâneo!"

"Pois é... Aristides... Mas o nome foi mudando: Tide, Tidinho, Tidoca... Aí, veio Doca e ficou: Doca do Salgueiro. E esse é que é mesmo o meu nome. Assim é que eu gosto de ser chamado".

A amizade foi tomando corpo. Mas o Doca era um camarada "muito sistemático" — como Noel depois me contou:

"Quando a gente se sentava pra prosear e tomar uma cerveja, ele nunca me deixava pagar a conta: achava que era desfeita até o meu gesto de me coçar, meter a mão no bolso. Outra bobagem também era, quando a gente pegava um carro de praça: ele fazia questão de sair antes pra abrir a porta pra eu saltar. Aquilo era muito enjoado, mas eu tinha que deixar, senão tinha bronca. Mesmo porque ele demonstrava ter muita amizade por mim".

E era de fato. Inclusive, quando o nosso Poeta teve a primeira rebordosa, um dia ele fez uma visita. E levou umas maçãs, naquele papel roxo fininho, embrulhadas no impresso da Confeitaria Baronesa, e amarradas com um barbantinho cor de rosa. Me lembro como se fosse hoje. E mesmo depois que o Noel ficou bom daquela, de vez em quando ele chegava com uma pessegada, uma fruta de conde, um doce de abóbora, um agrado. Ele podia ser o que fosse, como de fato era; mas tinha muita delicadeza. E, mesmo brigando, não falava um "merda". Mas se queimava à toa; e por isso estava toda hora se metendo em confusão e indo em cana.

Teve uma vez que o Torres Homem Futebol Clube ganhou o campeonato da Segunda Divisão e os jogadores foram comemorar no Capelinha, no Ponto Cem Réis. Quando a rapaziada chegou, ele já estava lá, sozinho, em pé no balcão, tomando parati com groselha, como gostava.

A alegria era geral e a rapaziada, depois da terceira rodada, começou uma batucada escalafobética, desencontrada, batendo nas garrafas, nas mesas e até na porta do mictório. Numa alaúza daquelas! E, dali a pouco, começaram a cantar uma música com palavras de baixo calão. Doca reclamou, pedindo respeito, pois havia uma família jantando no Capelinha, que na época servia a melhor macarronada de Vila Isabel.

A moçada continuou e o tempo fechou mais uma vez. Doca se levantou e deu um soco no mais esporrento deles, um tal de Cabelada. Reação. Os onze jogadores campeões, mais os reservas, o técnico, o massagista, o presidente e os conselheiros do clube, todos tentavam acertar o Doca. Que acabou preso por desacato à autoridade, pois o presidente do conselho deliberativo do Torres Homem, Aluísio Ramalho, conhecido como Jarrão, era comissário de polícia.

Doca pegou processo também por tavolagem, jogo de azar. E sua especialidade, além do jogo de chapinha, era bancar o jogo de ronda, onde não perdia uma. Em qualquer lugar, de dia ou de noite, abria uma folha de jornal no chão e... Lesco, lesco, lesco... Só dava ele. E isso porque, na hora de embaralhar as cartas e mostrar o ás e o valete — o que fazia abrindo e fechando o maço com uma rapidez formidável — ele tinha um macete só dele. Assim, antes de fazer a carta aparecer, ele sempre sabia qual era a boa. E pra isso, marcava ela com a unha comprida do dedo mindinho.

Era, como de fato, um mau elemento e uma péssima companhia; e Noel foi muito alertado sobre isso. Mas, como era teimoso, aos pouquinhos estava frequentando o Salgueiro com uma assiduidade suspeita e perigosa. E não pensava em mais nada: só Doca...Doca...Doca... Principalmente quando enchia a caveira.

Mas... Espera aí... O cognome — "Doca" — que era o motivo, agora, dessa secura, dessa cegueira no nosso Poeta, não era o do valentão tocador de chocalho. Era o de uma pessoa muito diferente.

Ela detestava o nome: Eudóxia. "Parece que destronca a língua", dizia. Por isso o recusou ainda bem criança. E seu próprio falar infantil, tatibitate, criou a forma pela qual preferia ser chamada: "Doca".

Noel conheceu a pequena na Rádio Phillips, onde tinha ido com a moçada do Flor da Vila cantar no Programa Casé. Quando ela passou por ele, no corredor, e lhe perguntou como chegava ao auditório, o mocinho não resistiu:

"Uma morena assim é o remédio que o doutor me receitou".

Ela sorriu com cinismo, franzindo a testa:

"Que é isso, moço? Tá doente, toma um fortificante...". E saiu se requebrando, fingindo desprezo, mas dando bola pro nosso Poeta.

A morena era um pancadão, como ele disse. Tipo mignon, corpo violão, peitinho pequeno, umas pernocas de fazer inveja até a Ginger Rogers; e com a vantagem de ser marronzinha, quase roxa — como ele gostava, mas não contava pra ninguém e só eu sabia.

Quando o regional se apresentou, ela estava lá sentadinha na primeira fila. Os olhares dos dois atiraram aqueles coraçõezinhos de história de gibi, um na direção do outro. Acabado o programa, ela já estava esperando por ele. E dali a pouco tudo entrava nos conformes:

"Você mora onde?"

"Na Tijuca"

"Ora, ora... Eu vou pra Vila e te deixo lá. Em qual parte da Tijuca?"

"Na Fábrica das Chitas"

"É caminho, minha flor".

Ela despistou. Porque, da Fábrica das Chitas até a casa dela, ainda tinha um bom pedaço... E uma boa subida. Ela morava mesmo era no célebre Morro do Salgueiro. Bem lá em cima, no Sunga. Depois do Terreiro Grande.

Noel se enrabichou, mesmo, pela roxinha. Mas ficou no mocó, fez boca de siri sobre o romance: um segredo deles dois. Mesmo porque ela era da pá virada, e dona de um currículo complicado.

Aos doze anos, morando no Morro da Formiga, Doca foi vítima dos instintos bestiais de um bicheiro da Muda, um tal de Moacir; que uma tarde, prometendo uma boneca e um saco de balas, levou-a na sua baratinha conversível Fiat 514 até o Alto da Boa Vista.

O pai dela ameaçou dar queixa na polícia. Mas acabou preferindo uma conversa com o contraventor, que reparou o erro com uma nota de 20 mil reis. Assim, o filhadaputa entendeu que a culpa era da filha, foguenta, safada e oferecida; e a expulsou de casa. No que a coitada acabou indo morar no morro quase vizinho.

Quando Noel a conheceu, a pequena já era escolada. E já galgara o posto de supervisora de uma casa suspeita no final da rua Aguiar, na subida da Chácara do Vintém. E chegara onde estava por mérito e competência, claro!

Tanto que um dia — Noel nunca soube dessa história — uns soldados da PE, do quartel da Barão de Mesquita, tudo "catarina", estavam lá, no "cabaré" comemorando a baixa do serviço militar. Um deles foi pro quarto com uma pequena e quando saiu não quis pagar, alegando que o dinheiro estava com um colega. O colega repetiu a sacanagem, dizendo que quem ia pagar era o terceiro deles. E a arenga foi assim até o quinto. A empregada da caixa, então, chamou a Doca, que chegou pedindo aos rapazes que pagassem; que aquilo não era papel de soldado, mesmo dando baixa... Enfim, passou-lhes um sabão, deu-lhes uma lição de moral mesmo. Aí, um catarina mais folgado deu um tapa na cara da supervisora, que se defendeu recuando e sartando de banda. Assim, a lenha comendo, a Doca, levando porrada, foi recuando pra rua... Até o restaurante Cesárias de Évora, no Largo da Segunda-Feira.

Aí, armada apenas com uma cadeira da Brahma, a cabrocha guerreira dava e escorava, segurava e distribuía, centrava e cabeceava, aguentando um bom tempo as porradas dos reservistas. Quando começou a cansar e viu que podia ser massacrada pela violência dos catarinas, Doca puxou a navalha, que chamava de "sardinha". Então, ficou só tenteando os teuto-brasileiros, sem cortar ninguém. Depois de mais de uma hora de porrada, chegou um choque e levou todo mundo pro quartel da PE. Onde o coronel comandante mandou soltar a "Eudóxia de Tal, vulgo 'Doca'", e recolheu os desordeiros, ainda não totalmente desengajados, ao xilindró.

Noel jamais soube disso... Mas, depois, bem depois, soube de coisa muito pior.

Ele estava em Juiz de Fora com a turma do Flor da Vila, para uma apresentação. Lá, em busca de notícias do Rio, conseguiu um exemplar do Diário da Noite e deu de cara com a aterradora manchete:

"SALSEIRO NO SALGUEIRO.
Espancamento brutal — Ritmista deixa cabrocha em petição de miséria — Ela o acusava de pederastia — Compositor do rádio no vértice do triângulo amoroso".

De volta à Vila, Noel encontrou a carta. A letra era miúda, talvez feminina... Quem sabe? E o texto era também intrigante por demais:

Meu prezado,

Esta é a primeira e ultima vês que lhe escrevo, no momento em que você estiver lendo este eu já vou estar bem lonje. Você não é culpado do que aconteceu mais porem tem pessoa que confunde as coizas, não sabe como doe uma desfeita de quem menos se espera. Ninguém pode abraçar o mundo com as perna, QUEM TUDO QUER NADA TEM. Adeus pra sempre.

a) Doca.

Noel jamais achou o "x" desse problema.

Feitio
de oração

──◆──

RAFAEL GALLO

PORQUE EU SUSSURRO: bendita sois vós entre as mulheres, e a imagem que desabrocha dentre outras é a sua. Então, recomeço. Meus lábios exalam pouco mais que sibilações rarefeitas, em esquiva dessas palavras que deveriam me elevar aos Céus, mas se extraviam e conduzem a quedas. Desde o início, ave sem voo possível, engalfinhada à sua lembrança. As sílabas seguintes, essas minha língua perpassa com a maior cautela, porém não há como permanecer imune: Maria é já o seu nome, só seu. Recomeço outra vez. Ave. As contas do rosário roçam de leve minhas mãos, cócegas delicadas eriçando as linhas da palma. Maria. Contenho o meu riso e lembro do seu, dentes abertos em um halo muito branco, naquela tarde em que te expliquei estas rezas e recebi suas gargalhadas ao nomeá-las "os mistérios gozosos". Cheia de graça — é mesmo você. Recomeço.

De nada adianta todo esse estatuário a me cercar, cheio de olhos e espinhos, meu pensamento recai sobre você. Com meu coração debatendo-se entre a tormenta e a calma, imagino onde deve estar, Maria. Provavelmente, agora lá na Penha, a cantar com satisfação. Vislumbro sua dança que não posso presenciar, as pernas morenas açoitando o chão em harmonia e fúria. A saia curta se agitando, coroa de pétalas em convulsões a espalharem um pólen invisível, ardente, pelo ar já latejante do samba. A sua fartura rebatendo justamente no apetite dos homens, tantos a te cercarem com aqueles olhos de roubar a alma e aquelas mãos de roubar o corpo. Chamo-os legião, porque são muitos. E sofro por você, temo por você. Te quero ilesa.

Você sempre conseguiu lidar com os homens habilmente, ao contrário de mim. Sempre foi capaz de se colocar acima deles. Quando começamos a sair juntas para nos divertirmos — duas garotas desacompanhadas na cidade que não tolera essa falta — as aproximações deles me punham em aflição, com aquela força vampiresca que se alastra pelas palavras de galanteio, pelas expressões grotescas e por cada membro a se mover na intenção de nos prender e nos abrir até as entranhas. Minha resistência alarmada os espantava por fim. O medo, ao menos, sempre me serviu como proteção. Mas com você tudo foi bem diferente. Apesar de também não se agradar com essas investidas — tal qual me contou, não é? — elas apenas te provocavam um sedutor riso de desdém. Você mantinha cada pretendente sob controle, em uma distância instável porém calculada, assim as oferendas deles prosseguiam sem que a recompensa fosse entregue. Essa iminência prolongada os punha em nervos e a mim também. Como você era capaz de lidar com isso? Eu não podia tolerar nem mesmo aqueles momentos em que a mão de algum deles pousava sobre uma parte de seu corpo. Sentia que era minha a pele invadida, minha. Para você, no entanto, tudo parecia não passar de uma brincadeira inofensiva, que não deixa marcas. Como podemos ser tão diferentes? Mas os desígnios que nos unem têm mais ímpeto do que nossos distanciamentos.

Foi assim desde o início. No dia em que nos conhecemos, quando você tomou o assento ao meu lado no bonde para Vila Isabel e me contou de súbito toda sua vida, eu, que nunca tive nem mesmo em meu seio familiar alguém tão aberto assim à minha atenção, soube que algo especial teve começo. Isso que até hoje não terminou, e é tão vivo, isso cujo nome ainda não encontrei. Você chama de amizade, mas é só porque tem o poder maior sobre essa ligação. Eu não posso assumi-la com o mesmo valor diminutivo, quando sou tão dominada por tal laço.

Você tinha acabado de chegar ao Rio, sozinha e quase sem dinheiro. Eu terminava meus estudos e começava a receber visitas dos pretendentes que meu pai elegia. Nenhuma de nós queria se casar e não tínhamos nem tempo nem espaço para achar outros caminhos. Sendo a Terra a morada dos homens, só deles, não havia muita escolha para vivermos livres nesse plano. Restaram, para nós, os refúgios periféricos do Céu ou do Inferno. Nossa disparidade, infelizmente, se fez presente mais uma vez nessa bifurcação. Eu vim para o lado celestial, este convento, e você rumou para o outro lado. Sei que não gosta que eu chame de inferninho aquele lugar, prefere que eu diga "cabaré" e aceite-o como seu local de trabalho. Mas não consigo vê-lo com a mesma naturalidade que você, com o mesmo gosto que você demonstra pelas regalias com que a envolvem naquele ambiente. Ainda assim, quando te imagino lá, vejo-a muito distinta de tudo que a cerca. Em meio à nossa distância, você paira luminosa e plácida acima do Inferno, enquanto eu fico aqui, soterrada sob o peso do Céu.

Será que um dia conseguiremos reverter essa separação? Ou, como dizem as Sagradas Escrituras, haverá sempre um abismo intransponível entre o meu território e o seu? Não posso crer nisso, é uma ideia insuportável. Suas visitas, inclusive, me comprovam a possibilidade contrária. Se ainda nos encontramos, isso significa que um dia seremos capazes de não encerrarmos mais essas breves estadas juntas, certo? Gostaria de poder tê-la aqui, e as portas da Igreja estarão sempre abertas para você, sabe disso, embora já tenha dito que discorda. Imagina, você vivendo aqui, conosco? Comigo? Lembro-me da primeira vez que me viu com o hábito: "Você parece uma santa", foi o que disse. Seus cabelos estavam soltos, selvagens, você usava um vestido curto que revelava quase a totalidade das pernas e dos seios, tinha a boca e as unhas pintadas de vermelho-sangue. "Você também parece uma santa", eu respondi, com o coração aos saltos.

Preciso fazer uma confidência. Não temos rádio aqui no convento, então só conheço os seus sambas preferidos de ouvi-los cantarolados por você, em suas visitas. Guardo com devoção essas melodias e continuo repetindo-as sem cessar. Como não sei as letras, e não consigo compreendê-las em sua voz forçosamente baixa aqui dentro, substituo as palavras. Não sou artista para criar nada, então me aproprio dos versos do Cântico dos cânticos. Conhece esse livro da Bíblia? Parece conter nossos segredos. Há muitos versículos que me soam bonitos e verdadeiros, mas os desse livro são os únicos que me põem o interior da pele a vibrar em ressonância. É com o corpo que se compreende as coisas, Maria.

De joelhos na capela, com o terço nas mãos, às vezes cercada por outras irmãs a repetirem seus Pai-nossos e suas novenas, eu canto para você, em segredo. Passo horas sem concluir uma reza sequer, repetindo baixinho a melodia que se direciona à sua ausência. E os versículos casam perfeitamente com os compassos que você me traz. Se pudesse ouvir minha voz, te alcançariam centenas de vezes essas declarações cantadas: *Como o lírio entre os espinhos, assim é minha amiga entre as jovens.* Sei que não dançaria sob o encanto desse samba frágil, Maria, não há fúria nenhuma em minha entrega. Você escutaria, finalmente apaziguadas nós duas, a minha súplica serena: *Minha pomba, oculta nas fendas do rochedo, e nos abrigos das rochas escarpadas, mostra-me o teu rosto, faze-me ouvir a tua voz. Tua voz é tão doce, e delicado teu rosto.* É seu, Maria, o cântico dos cânticos.

Quando os sinos tocam, e a hora das rezas chega ao fim, percebo que, mais uma vez, falhei com minhas orações e passei quase o tempo todo cochichando meu samba dedicado a você, à dor tão cruel dessa saudade. Essa triste melodia, a se repetir pelos meus anos. Não vejo mal nenhum nisso. Pelo contrário: todas as tardes vou me colocar de joelhos para te entregar, aqui no templo, minha serenata silenciosa, minha devoção de viés. Será o nosso segredo. Não pudemos ser livres na Terra, mas um dia nos uniremos em definitivo, ainda que seja somente no Reino dos Céus. Sigo carregando essa fé. O que nasce no meu coração, suporto; vou suportar para sempre. Agora e na hora de nossa morte. Amém.

Século do progresso

RAPHAEL VIDAL

Tua mãe é uma adúltera
EUCLIDES DA CUNHA, 1909

ENTROU.
— Corja!
Um, dois, três, quatro, cinco, seis, sete, oito, nove, dez.
— Cachorro!
Correu.
Um. Pelas costas.
A pouca distância.
Esse ecoou em toda Piedade. Mas ninguém deu importância.

❦

A razão que não existe onde há dor: tudo que sente é sofrimento. Os olhos que miram a poça de lágrimas. Com a carcaça abraçada às pernas, escondida de si e do mundo. Pés que reviram a lama. Uma fraqueza a consome. Essa mulher decidida há pouco — agora perturbada pelo destino: como um feto enforcado no ventre pelo cordão umbilical. O revólver no chão, ainda quente: certeiro. Está no fim. Acabado e basta. As lembranças, avoadas, turvas e rasteiras, naqueles segundos, se eternizam.

O marido — aqui, morto — antes um valente, muito sério. Primeiro-tenente, desbravador dos sertões, grosso: desacata até ministro. Por tal, desafio maior: o medo que impõe. Contador de histórias, quem o desacredita? Diz que viu, fez e aconteceu. Um sobrevivente de guerra. O que percorreu milhares de quilômetros pela amazônica. Dos que diz ensinar aos pacatos o rumo do cemitério.

No entanto, abandonada por tempos em que ele desbrava o país pela eternidade impressa, a senhora de Copacabana se apaixona pela juventude: o cadete do subúrbio. E as fronteiras da paixão e da sanidade são linhas invisíveis. Uma cama de gatos. Perde-se o rumo. Comete-se a loucura dos amantes e dos traídos: matar ou morrer.

— Antes tivesse ido embora...

Três corpos no chão. Destes, dois vivos. Um único liquidado. Este, noutro tempo, fora desequilibrado pelo abandono, decidido a impor sua agonia diante da cólera. Não amado. Enganado. Já defunto em vida conjugal: zero à esquerda. Indiferente. Deixado pra trás.

❧

— E cuspa sobre o cadáver!
A mulher não estava. Confirmou suspeitas, recebeu conselhos. Saiu furioso. Chegou em Botafogo e tomou da família o vinte e dois carregado. Seguiu para a casa do rival. Com tempo para pensar. Acalmar os ânimos. Esfriar a cabeça. Mas fez de caso. Queria. Vontade sua. Marra. Peito estufado. Bufando. Bigode grosso. Foi tirar satisfação, buscar honra, arma em punho, pé na porta.
Descarregou.
Acertou o traíra, dois caroços. A irmã junto, dobra. Caídos. Porém, pulsantes. Então, momento certo, toma o revide. Primeiro no pulso, desarma. Treme, arrepia, apavora. Foge. Em seguida, disparo. Por trás, nuca. Cai: finado. Vítima de si mesmo. Culpado pelo seu próprio assassinato.

❧

Arrebentada.
Envergada.
Encolhida.
Diminuída.
Humilhada.
Ela mata.
O amor — surpreso — ferido, sorri e entristece. A mulher, assassina, deslegitima a defesa: será detida, morte lenta. Separados, triunfará o marido. Logo, busca forças, ideia já tem: assumirá o lugar dela. Levanta e caminha, ensanguentado.

Passa pelo morto, pega a arma do crime, atravessa o portão. Rua. Um rastro vermelho o segue até a esquina, a noite estrelada, o samba animado. Então, silêncio. Ele atravessa e admite o caso:
— O revólver teve ingresso pra acabar com a valentia!

❧

A manchete no "Notícia", meses depois:

**ENQUANTO O MARIDO APODRECE
NA SEPULTURA, O AMANTE É POSTO NA RUA
PELOS SENHORES JURADOS**

Tarzan, o filho do alfaiate

◆

SERGIO LEO

TUDO COMEÇOU PORQUE NADA COMEÇAVA: nem os pelos, nem centímetros a mais, nenhum dos sinais esperados de masculinidade amadurecia no corpo magro. Nos shorts apertados da época, onde amigos de praia exibiam uma virilidade distraída, era evidente, nele, a criancice sem volume.

Como um herói, superou por conta própria a inimizade do destino: um enchimento de meias grossas, enroladas, passou a ocupar, no short, o lugar em que falhavam os hormônios. Cedo, abdicou do futebol, por medo de que, em alguma jogada brusca, lhe caíssem os colhões postiços de algodão e poliéster.

Deixou os esportes e aprendeu a inflar os pulmões, com roupas de tecidos pesados, para sustentar, com o fôlego, uma robustez que não tinha. Empinava-se, controlava a respiração e andava como um lorde, conseguia até tagarelar pausadamente, parecia mais velho. Talvez pelo esforço de carregar uma idade que não era dele, sentia uma preguiça danada.

Horas na cama, em silêncio, lia muito e debatia, com o travesseiro, planos ambiciosos para enfrentar a indiferença do mundo. Podia passar um ano sem se aproximar da praia, do outro lado do túnel, marulhando em Copacabana. Sonhava. E ambicionava, muito. As mulheres, principalmente.

Seguia com os olhos, pelas ruas do Centro, a vendedora da loja de roupas; a cobradora do ônibus 433, que parava na Praça XV; a moça da portaria no número 9 da rua Candelária. Imaginava como seria levar à praia a ruiva com que cruzou uma vez na rua Sete de Setembro ou a secretária vista rapidamente numa breve passagem pelo Instituto de Educação; costurava fantasias com as dezenas de meninas do Instituto...

Mas a alma cobiçosa de Clayton era sabotada pelo corpo: quando, afinal, pôde dispensar a meia-enchimento da infância, espinhas tomaram-lhe a pele.

Em toda a adolescência, experimentou cremes, banhos, dietas. Por pouco tempo, tentou, na academia, expulsar a acne com exercícios entre esteiras, roldanas e pesos de ferro.

Por pouquíssimo tempo. Um leve enjoo lhe feria o estômago ao pensar em ser visto com roupas de ginástica. Não tinha paciência para movimentos repetitivos.

"Não tenho saco", dizia, muito à vontade com a metáfora, que, no passado, o perturbava.

De peito estufado sob um terno, camiseta, blusa de malha e camisa de brim, ganhou, aos poucos, ânimo de frequentar as gafieiras, onde, suando, exercitava pulmões e panturrilhas conduzindo as moças que se deixassem levar. Passou de garoto a homem frequentando, ereto e almofadado, botecos e certos lugares na Lapa. Descobriu que, em troca de modesta e merecida recompensa em dinheiro, havia quem não só aceitasse ser levada para dançar como também lhe vendesse — barato, até — noitadas amorosas. No escuro, demorava pouco em se livrar das roupas e meter-se entre lençóis, como um gato magro e libidinoso.

Não era negócio, era romance; fazia poesia às parceiras. "O vil metal atrai as joias mais fugidias, sabia?".

Algumas faziam careta.

Mais que a leitura e um vocabulário antigo, valia o dinheiro, que gastava fartamente com os prazeres a emagrecer ainda mais o corpo miúdo.

"Economia sempre acaba em porcaria", dizia, o lábio fino e meio torto sorrindo com o sabor da frase roubada de outro boêmio.

Era mais procurado pelos agiotas que por mulheres interesseiras. Administrava o assédio como financista amador, xingando-os sempre pelas costas; na falta de dinheiro investia em preconceito: o credor que o perturbava era "o judeu", "o turco", às vezes até "o armênio" — ainda que o dinheiro cobrado tivesse origem em algum comerciante de traços asiáticos.

Com as namoradas, não discriminava; apaixonava-se, em várias formas e cores. Não dava exclusividade a nenhuma, sabia que também tinha limites nas exigências.

"Estou cismado com a Maria..."

"Mas... você acha que ela...??"

"Não acho nada, estou cada vez mais perdido."

"E...?"

"E como dizia o outro, a paixão é dor para o crânio, não para o coração. Me passa a cerveja."

Havia, sim, algumas paixões dolorosas. Enxaqueca séria eram os agiotas que financiavam as bebidas, os amores e as apostas em jogos de azar.

"Salve Clayton, quanta saudade!"

"Mas, nos vimos anteontem, esqueceu?"

"Saudade daquele dinheiro que te emprestei; há quanto tempo não dá as caras!"

Piadas velhas, argumentos batidos, os cobradores não tinha originalidade e ainda prometiam tragédia. Com cinco anos de trânsito pela Lapa, Clayton percebeu que já não podia mais afastar credores prometendo que pagaria quando pudesse, se a loteria permitisse, se a polícia quisesse — desculpa emprestada de outro dos sócios de bebida e gafieira, que devia ter roubado de alguém. Precisava botar de lado seu instinto de nobreza (ou de parasita, não há muita diferença nesses comportamentos instintivos).

Resolveu buscar emprego. Não foi difícil encontrar, quando desistiu de pedir aos conhecidos uma colocação em alguma empresa privada. As leituras que não serviam muito para conquistar mulheres lhe facilitaram boas notas em um concurso público.

Mas, empossado na engrenagem burocrática, o salário de técnico administrativo de nível médio foi insuficiente para pedir alforria aos agiotas, a quem estavam amarrados o sexo e outras alegrias. Confiava resolver esse problema. Só não sabia como.

"Sou pobre em dinheiro, mas rico em ideias", repetia Clayton, um pouco para si mesmo. A frase, ele copiava do mesmo amigo de farra que lhe dera desculpas para nunca economizar, mas os meses que se seguiram foram pobres em resultados.

Mal sucedido, ouvia, miserável e interessado, histórias de companheiros de boteco, sobre mulheres apaixonadas que, em vez de despesas, davam renda. Aparentemente, estava nos músculos vistosos dos fanfarrões o poder de atração masculina que não tinha.

Os exercícios respiratórios e os cuidados de vestuário, o desembaraço, a habilidade na gafieira, todos os ativos de seu patrimônio espiritual não valiam. O caso não era de fortaleza de caráter; era de robustez visível, pujante, tônus, hipertrofia, força física.

Contaminado estava por esse desejo de potência, quando, no Antiquário da Gema, a gafieira preferida, entre uma dose de cachaça e dois copos de cerveja, após um prato de linguiças, dançando com uma senhorinha robusta chamada Adelaide, mais conhecida como Marli, Clayton teve, finalmente, uma ideia de como livrar-se da angústia que passara a ser sua companheira de copo.

Era noite de quinta-feira, quando a densa resistência dos seios abundantes colados a seu peito angustiado lhe trouxeram uma epifania. Não era a primeira vez que percebia, ao dançar na gafieira, uma densidade um tanto artificial ao encostar seu tórax empinado nos peitos de alguém; mas, conversando com a companheira de dança, lembrou-se de que o artifício não era privilégio das mulheres.

"Doeu muito?"

"Doeu nada, bobo; te dão anestesia antes de fazer o implante".

Era mentira, dores incômodas haviam perturbado alguns dias de pós-operatório; mas Marli achava deselegante revelar as dores e desconfortos das mulheres belas.

O fim de semana foi dedicado à intensa pesquisa sobre o tema, entre amigas e amigos da fauna boêmia. E, três quintas-feiras depois, Clayton viu-se na horizontal, em uma cama cirúrgica, o peito liso decorado com marcas tracejadas na extensão do músculo peitoral maior, num desenho com dezessete centímetros de distância entre o ponto mais baixo e o mais próximo do ombro.

O médico, recomendado após uma rodada de consultas à rede de relações formada por ele em tardes e noites de exploração da selva noturna do Rio de Janeiro, havia lhe mostrado já na sala de operação, a bolsa de silicone almofadada, com quinze centímetros de extensão, que lhe seria incorporada, dando-lhe um volume de halterofilista amador.

"Esse troço não rasga?", havia perguntado o paciente, apontando o singelo e maleável peito artificial.

"Não tem chance. Isso é material europeu", tranquilizou o doutor, sopesando com a mão segura o volume translúcido e gelatinoso.

Amparado pela escuridão da anestesia exigida por ele, Clayton, nada sentiu quando o médico inseriu, nas marcas pontilhadas, a agulha grossa por onde injetou um líquido destinado a facilitar o trabalho de descolar seus músculos de sua cama óssea, para, entre carne e esqueleto, meter o pacote de silicone. Um corte seguro na axila abriu na pele de Clayton uma fenda avermelhada, uma boca sem dentes, de lábios finíssimos e gengivas amarelentas de gordura encaroçada, logo arregaçada para os lados por largas pinças metálicas e penetrada suavemente pelo cirurgião com uma espécie de tesoura de bico encurvado, os dedos enluvados de borracha e uma gaze enfiados também para separar cuidadosamente os tecidos, de forma a abrir um buraco por onde meter, em seguida, o acréscimo artificial nos peitos do herói.

O dedo enluvado do médico enfiou-se totalmente na cavidade mole e indefesa rompida no peito de Clayton, e se mexeu lá dentro, um volume móvel, visível e decidido sob a pele, testando os limites da incisão cirúrgica. Pelo buraco aberto, um outro instrumento, como uma colher de metal brilhante, completou a tarefa de descolar músculos e outros tecidos, lacerando Clayton como a um frango inerte em que se abrisse uma enorme ferida sem sangue. De olhos fechados, rosto sereno, o herói não moveu uma fibra muscular no rosto enquanto, pela abertura criada, o médico lhe introduzia no corpo a prótese almofadada, de cor ligeiramente leitosa, apoiando o dedo indicador esquerdo para criar uma pequena dobra na bolsa de silicone, e o direito para conduzir o pacotinho espremido corpo adentro, empurrando o volume pela abertura estreita. Uma vez colocada sob o músculo, a mama artificial foi acomodada com uma precisa massagem das duas mãos do doutor por cima do peito de Clayton, até encaixar o material no lugar marcado.

Um bem definido peitoral de atleta passou a luzir onde antes havia o tórax de um frangote. Em menos de uma hora, o médico lavava as mãos, assoviando. Intervenções semelhantes deram a Clayton um abdômen definido, novos braços e antebraços de grande primata civilizado.

As primeiras semanas com o novo corpo foram dolorosas. Clayton teve de usar uma camiseta elástica e evitar movimentos amplos nos braços. Aprendeu valorizar pequenos gestos. Demorou um pouco até passar o medo pânico de deslocar, num movimento brusco, o novo complemento corporal.

De peitoral novo, ele foi à luta. Teve alguns sucessos amorosos, mas desidratou, pouco a pouco, a esperança de pagar a dívida contraída para a operação com dinheiro generoso das amantes, que não veio na medida das necessidades.

E, por elas, as necessidades, perdeu o controle. Acreditou ter a força que só existia nos olhares impressionados das moças e turistas na praia onde exibia a boa forma. Clayton ficou valente.

Ameaçou briga, quis rasgar os contratos com os agiotas. Com o silicone, e o desespero, viu implantada uma ferocidade sobre-humana que desconhecia.

Para surpresa até dele mesmo, cercado um dia por emissários violentos de um dos credores, ao sair de um bar que já ia fechar, em um canto mais escuro dos Arcos da Lapa, bradou insultos, a face vermelha. Aos gritos, partiu de peito aberto contra os gorilas.

E veio aquele soco.

Fita amarela

SOCORRO ACIOLI

• 1 •
A mão

NO PEQUENO ESPAÇO ENTRE OS DOIS ELEVADORES VELHOS, as portas dos quatro apartamentos e as escadas de um dos prédios mais antigos do Catete, o canto ensurdecedor de quarenta e dois canários atrapalhava a conversa sussurrada entre as vizinhas Eulália e Carminha. As duas fixavam os olhos esbugalhados em uma frase escrita com tinta azul na mão de dona Eulália, que lia pela terceira vez, de forma bem pausada, com o seu tom de inesgotável paciência:

— "Filha minha não casa com filho de jogador ladrão."

— Foi só isso?

— Só isso, Carminha, já te falei. Anotei certinho aqui pra não ter dúvida, palavra por palavra — disse Eulália de mão espalmada, suando, falando baixo, com medo de sair alguém do apartamento de Carminha.

— E não falou mais nada?

— Nada. Fez força pra falar, deu o recado e caiu duro no chão.

— E quando ele acordou a senhora não perguntou nada?

— E deu tempo? Ele já levantou rodando, dizendo que era Chica Bilinha, pediu uma saia pra vestir, rodava levantando a roupa, mostrando o fundo das calças do cavalo, só de cueca. Coisa feia de dar medo.

— Cavalo? Tinha um cavalo no terreiro?

— Cavalo é como a gente chama quem recebe a entidade.

— Ai, eu fico nervosa só em falar nisso. A senhora sabe como meu pai era católico, nunca gostou de coisa de espírito. Não faz sentido, esse recado não tem pé nem cabeça, dona Eulália. Ele acabou de morrer e nem namorado eu tenho.

— Mas tem pretendente em vista, não tem? O doutor, lá da repartição? Ele foi no velório do teu pai, ficou até o final, olhava de um jeito interessado, emocionado.

— Ele é meu chefe, dona Eulália. Papai passou mal e morreu na frente dele. Foi horrível, ele só quis ajudar.

— Pois escuta o meu conselho, Carminha: por via das dúvidas, assim que você engatar um namorico pergunta logo a profissão do pai do rapaz. Abre o olho.

— Eu já disse, dona Eulália, isso parece é enrolada desse pai de santo, cavalo, sei lá. Ele pediu algum dinheiro?

— Não pediu nada não... Mas esqueci de te dizer a coisa mais estranha de todas. Quando o pai de santo disse que um doutor chamado Amaro estava na sala e ia incorporar no cavalo, subiu aquele cheiro do perfume que tomava conta aqui do corredor quando ele saía pra trabalhar de manhã. Eu nunca ia confundir o cheiro do tal do 4711, caríssimo. Fui muitas vezes com sua mãe comprar com minha amiga que vendia importados. Fiquei toda arrepiada só de lembrar, ó pra isso — apontando para o braço.

Carminha começou a chorar compulsivamente, recebendo o abraço maternal de Eulália, comovida.

— Fica tranquila, minha filha. Amanhã tem a missa de sétimo dia, vamos rezar muito e a alma do teu pai vai descansar sossegada. Tá parecendo linha cruzada do Além, já que você diz que não tem paquera nenhum, mas lembra disso quando conhecer um moço por aí, tá bom? Pai que é pai cuida dos filhos até depois de morto. Meu terreiro é lugar sério, e recado de morto não é bobagem, não. Abre o olho.

• 2 •
A missa

A igreja de Nossa Senhora da Glória, no Largo do Machado, estava lotada de amigos e familiares do Dr. Amaro Rocha. Na primeira fila, do lado direito, estavam Carmem Lúcia, Marialva, a esposa e dona Eulália, vizinha e grande amiga da família. No primeiro banco do lado esquerdo, onze senhores de paletós brancos idênticos, com um canário amarelo bordado no bolso em cima do coração. Um deles subiu ao altar, ajustou o microfone para a sua pouca altura e iniciou um discurso:

— Nesse sétimo dia de pranto e saudade, falar do Dr. Amaro Rocha é falar de integridade. Partiu dessa vida de repente, depois de deixar a filha no primeiro dia de trabalho. Sabemos que morreu porque o coração não suportou tanto orgulho e felicidade por ver Carmem Lúcia concursada, encaminhada na vida. Deus chamou, e ele atendeu.

Pausou a fala, muito emocionado. Recobrou as forças e prosseguiu.

— Dr. Amaro Rocha deixa uma viúva saudosa, dona Marialva, a filha devotada, Carmem Lúcia e um viveiro com quarenta e dois canários do reino amarelinhos como o Sol, agora órfãos, que adotaremos com dedicação.

Fonseca, um dos onze, chorou alto, e todos olharam para ele. Mais uma pausa. Marialva e Carminha choravam o tempo todo. O pranto de Marialva era um pouco menos sofrido, pois se distraiu rapidamente pensando na nova decoração da sala de estar, graças à retirada do viveiro.

— Nós, membros da Irmandade dos Canaristas Católicos do Catete, sentiremos eternas saudades do nosso presidente fundador e compositor do nosso belíssimo Hino dos Canaristas, que entoaremos agora em sua homenagem.

Os senhores de branco ficaram em pé e fizeram uma mesura ensaiada. Um deles fez sinal para o organista. Com a mão direita sobre o canário bordado, começaram a cantar:

— "Onde palpitar meu coração, ali estará o canto do canário/ Pássaro de Deus Nosso Senhor, meu Brasil é o teu cenário/ Nos ombros de São Francisco reina/ a opulência do teu canto./E tua voz doce e maviosa/ é o remédio contra todo pranto./ As notas que teu peito entoa, ó canário, teu canto tão preciso/ inspiram o coro dos anjos/ que ecoa para Deus no Paraíso.".

A viúva enxugou as lágrimas, emocionada. Eulália olhou para trás admirada com a lotação da igreja. Mesmo no meio de tanta gente, viu dois convidados intrigantes: de um lado, o chefe de Carminha. Perto dele, o cavalo do terreiro, todo de branco, imundo, com cara de ódio, balbuciando algo que ela não conseguia escutar.

• 3 •
O morto

As coisas mudaram muito rápido depois da morte do Dr. Amaro. Antes da missa de trinta dias, Dr. Paulo Nogueira Filho, chefe de Carminha, convidou-a para jantar. Com menos de seis meses da morte do pai, ela e Marialva brindavam o noivado na casa da família Nogueira.

Eulália foi convidada para o evento de noivado e tratou de investigar a vida dos pais do futuro sogro. O pai de santo continuava recebendo os recados do espírito do Dr. Amaro, repetindo a mesma frase: "Filha minha não casa com filho de jogador ladrão". A vizinha investigou e descobriu que o futuro sogro de Carminha era um ex-ministro importante, homem sério e respeitado. Nenhum sinal de jogo ou trambique de nenhum tipo. Só honras e homenagens. Troféus, medalhas, fotos nas paredes com gente importante. Chegou a conversar com a futura sogra, perguntou até demais. Nada de jogo.

Estavam com pressa e o casamento aconteceu na mesma igreja do Largo do Machado. Estava ainda mais lotada que na missa de sétimo dia do Dr. Amaro. Carminha estava linda de branco, com seu sorriso angelical de boa moça. Entrou sozinha, não quis que ninguém substituísse o lugar sagrado do pai, mas não teve como evitar o fato de ser seguida pelos canaristas, que levavam o viveiro em um andor enfeitado, com os quarenta e dois canários representando seu falecido pai. Eles insistiram em afirmar que a alma do Dr. Amaro estava distribuída entre os seus quarenta e dois pássaros e que ele agora falava no canto de cada um. Foi o jeito aumentar o volume do microfone para ouvir a voz do padre.

O noivo a esperava no altar, visivelmente feliz. E tudo corria com perfeição de final de novela, quando Eulália, que era madrinha, começou a fungar e cheirar o ar como se sentisse algum perfume flutuando entre as cabeças.

Com semblante apavorado, virou-se para trás e foi a primeira a perceber quem chegava pela entrada principal da igreja: o cavalo do terreiro. Ele usava túnica branca até os joelhos, uma calça jeans imunda, sandália de couro, unhas muito sujas e várias guias no pescoço. Tinha cabelos e barba grisalhos. Contrastando com sua figura imunda, o cheiro da colônia 4711 invadiu a igreja, fazendo Carminha sentir um arrepio. O padre, indiferente e acostumado com os transeuntes do Largo do Machado dentro da casa de Deus, prosseguiu sem nenhum abalo:

— Paulo Nogueira Filho, você aceita Carmem Lúcia Andrade Rocha como sua legítima esposa, prometendo amá-la e respeitá-la, na saúde e na doença, na riqueza e na pobreza, até que a morte os separe?

— Opa! Cheguei bem na hora da morte! Pode deixar que desse assunto eu entendo — gritou o espírito do Dr. Amaro no corpo do cavalo, para espanto geral.

— Que é isso, pessoal? Ninguém me reconhece não? Sou eu, o Amaro! Eu sei que a apresentação não está das melhores, mas foi o único corpo que consegui.

Balbucio. Cochichos. Canaristas visivelmente assombrados pela horrorosa figura.

— Ora, mas que falta de educação a minha. Esqueci de cumprimentar os meus amigos da Irmandade Canarista.

Fez a mesura corretamente em direção a eles, todos sentados juntos, boquiabertos, sem mover um músculo.

— Quer dizer que, depois de morto, eu fui expulso? Cadê a amizade? Sou eu mesmo, Amaro Rocha, presidente e fundador da Irmandade Canarista Católica do Catete. E posso provar!

Pigarreou, arrumou a postura, colocou a mão direita no peito e começou a cantar:

— "Onde palpitar meu coração, ali estará o canto do canário/ Pássaro de Deus Nosso Senhor, meu Brasil é o teu cenário..."

Fonseca desmaiou e caiu no chão, fazendo forte estrondo. Os canaristas correram para acudir, enquanto o cavalo-Amaro gargalhava:

— Ô cabra frouxo, esse Fonseca. Abana que ele levanta.

Rindo da cara do Fonseca, o cavalo-Amaro subiu ao altar e foi falar com a filha, que conversava com Eulália, apavorada, tentando saber como agir:

— Carminha, meu cajuzinho, você não recebeu meus recados? Eulália não te avisou? Eu mandei dizer várias vezes que filha minha não casa com filho de jogador ladrão.

A proximidade do homem, o cheiro embriagante de 4711 fazem Carminha gritar descontrolada:

— Polícia! Polícia! Tirem esse marginal daqui!

— Carminha, tenha calma, minha filha. É seu pai mesmo, acredite nele. É o único jeito de resolver isso — Eulália tentava contornar o problema.

— Isso é loucura! Meu pai não era mal-educado, não ria da cara dos amigos, não andava imundo.

— É que o espírito dele ainda está fraco e acaba agindo igual ao cavalo, que bebe o dia todo. Se isso aconteceu desse jeito, deve ser coisa séria.

Virando-se para o cavalo, Eulália começou uma conversa:

— Seu Amaro, o senhor pode explicar por que está tão aflito desde que morreu? A sua filha vai casar com um rapaz bom. Eu dei o recado, eu sei que o senhor andou insistindo com o pai de santo, mas a gente não entendeu nada, seu Amaro. O noivo da Carminha é de boa família.

— Boa família é o cacete! Eu conheço esse ladrão aí faz é tempo. Quando eu fui levar minha Carminha na repartição vi esse sujeito, a cara do pai dele quando era novo. Veio logo aquela intuição, e o susto foi tão grande que eu dei um piripaque e bufo! Morri. Depois tava lá o cabra no meu enterro. Como é que eu vou descansar em paz?

Amaro notou o espanto dos presentes e virou-se para os canaristas:

— Vocês vão perdoando as expressões, mas é que esse sujeito

que me emprestou o corpo tomou tanta cachaça que eu fiquei bêbado. Eu tento falar direito e só sai palavrão. Nos primeiros dias só saía uma frase, agora eu tô controlando melhor. Daqui a pouco eu controlo ele e o cabra vai tomar até banho. Eu só sossego quando resolver isso aqui.

Eulália tentava contornar como podia:

— Seu Amaro, será que o senhor poderia sair, deixar sua filha casar e depois o senhor resolve esse prob...

— Não saio é de jeito nenhum! Esse tal de Paulo Nogueira, ministro respeitado, é um jogador ladrão, canalha — continuou Amaro, agora falando com o futuro sogro da filha.

— Só diz isso porque perdeu, fracassado! — gritou Paulo, o acusado, para espanto de todos.

— E só perdi porque você roubou, safado.

O distinto ex-ministro partiu pra cima do cavalo-Amaro pra bater até matar, mas os convidados apartaram a briga.

— O que é isso, pai, do que é que vocês estão falando? — perguntou o noivo.

— Da tua mãe, a dona Juraci. Quer que eu conte, Dr. Paulo? Eu vou contar porque eu já morri mesmo, agora já era. Desculpe por essa, Marialva, meu amor, mas é o jeito falar pra salvar nossa filha.

Marialva baixou a cabeça, chorando.

— O caso é que eu conheci esse sujeito no cabaré mais famoso da Lapa. Não tinha nem nome, era coisa exclusiva. Eu andava lá desde dezesseis anos e esse daí deve ter começado quando saiu da maternidade. Com dezoito anos, eu me apaixonei pela Cecizinha, a famosa Quenga de Amarelo, que veio de Sergipe só pra arrasar com o coração da gente. Só usa amarelo desde criança. Foi promessa da mãe dela pra Santa Teresinha do Menino Jesus, não foi, Ceci? Virou quenga, casou e continua no amarelo até hoje.

A Igreja inteira levantou-se e esticou o pescoço para constatar a amarelice gema de ovo da mãe do noivo, do sapato ao enfeite da cabeça.

— É ela mesma, a mãe do noivo. A famosa Quenga de Amarelo do cabaré da Lapa.

Eu era doido por ela, queria tirar da zona e ela disse que ia comigo. Eu já namorava a Marialvinha, mas acabei o namoro e aluguei até uma casinha em Laranjeiras, pintada de amarelo. Levei ela lá, parecia criança de tão feliz. Mas eu demorei a ajeitar a casa e chegou esse diabo desse Paulo pra se engraçar da minha Ceci.

Juraci tentou levantar, mas diante dos olhares de toda a Igreja, achou mais prudente continuar sentada. O cavalo-Amaro continuou:

— A safada resolveu cair na dele, porque o nojento pagava o triplo, levava joia. E quando viu a briga, ela disse que a gente decidisse numa partida de vinte-e-um. Ela bem que devia saber dos esquemas da casa e queria mesmo ir com esse aí, que já era rico por causa do pai. Quem ganhasse, levava a Quenga de Amarelo. E esse patife enrolou o jogo todinho.

— Sabe nem perder, defunto fracassado — disse Paulo, consolando Juraci e se ajeitando pra ir embora.

A gargalhada do cavalo-Amaro ecoou pela igreja. E continuou o monólogo:

— Eu fui doido por essa mulata. Como meu coração já era fraco, eu já andava adoentado das coronárias desde novo, eu sempre dizia pra ela: se eu morrer nessa cama, mulata, mande me enterrar com uma coroa de flores amarrada numa fita amarela com o teu nome: Ceci, meu grande amor. Mas Deus me livrou dessa, e me deu Marialva, minha santinha. Agora quem vive com uma galha na cabeça é o senhor ministro, maior corno do Rio de Janeiro.

A essa altura a situação na igreja era incontrolável. Carminha chorava consolando Marialva. Paulo discutia com o pai. Todos olhavam para a mãe, imaginando seu passado. Uns riam, outros choravam. E o padre não sabia o que fazer.

O cavalo-Amaro olhou para Carminha e perguntou, comovido:

— Ô, minha filha! Por que você está chorando? Eu tô te livrando de um filho de malandro. Sabe lá se esse daí não anda nos puteiros da Lapa também.

— Não me chama de minha filha porque eu não acredito em nada dessa palhaçada.

— Carminha, sou eu sim meu amor, seu pai...

— O meu pai nunca faria um papelão desses no meu casamento. Ele me amava e não iria me fazer sofrer por causa de uma porcaria de jogo que aconteceu quando eu nem era nascida.

As palavras de Carminha calaram a igreja inteira. Ele se sentou no degrau da igreja, transtornado. A confusão estava feita. Algumas pessoas iam embora, outras iam até o altar. Apareceu um copo de água na mão de Marialva, mas ela deu um tabefe e jogou longe, estilhaçando todo. Ninguém sabia o que fazer. O padre balbuciava uma oração. Um dos canaristas abanava o Fonseca, ainda pálido. Depois de alguns segundos,

Amaro Rocha levantou de forma brusca, assustando a todos, enquanto dizia em voz bem alta:

— Você tem razão. Tô morto, mas ainda sou seu pai. Eu disse que filha minha não casa com filho de jogador. Mas esse tal de Paulo Nogueira não passa de um enrolão. Teu noivo aí é filho de um perdedor, isso sim. E eu tô ficando sem força, acho que não vou aguentar mais muito tempo nesse corpo podre. Morto tem é que morrer de vez, não é mesmo? Quero usar meus minutos finais pra te ver sorrir, Carminha. Vou deixar esse casório prosseguir.

— Você não tem que deixar nada, maldito. Eu não acredito nessa balela.

— Quer que eu prove que sou teu pai? Pois eu provo. Pode perguntar qualquer coisa da nossa vida. Pensa aí uma bem difícil, coisa que nem tua mãe sabia.

— Pois vamos ver até onde vai essa bobagem. Eu não vou perguntar nada. Diga então, senhor meu pai, já que sabe de tudo, alguma coisa da nossa vida que nem minha mãe sabe?

— Olha que eu digo! — O cavalo-Amaro ria alto, sem conseguir falar. Mas prosseguiu: — Tu lembra, Marialva, no dia que eu voltei do dentista com Carminha de blusa de malha e calça jeans, sendo que ela tinha saído de vestido? Sabe por que foi? Posso contar, Carminha?

A moça chorava e ria ao mesmo tempo.

— Foi porque ela se borrou nas calças de medo de um cachorro que latiu no portão. A gente ia passando e o bicho fez AAAUUU bem no pé do ouvido dela. A coitada se urinou, se cagou, foi uma meladeira tão grande que só comprando outra roupa. Joguei o vestido no lixo aqui mesmo no Largo do Machado. Não foi, minha filhinha? Acredita agora que sou teu pai?

Sim, ela acreditava. Sabe-se lá o que estava acontecendo, mas aquele era seu pai.

Amaro, olhando para Marialva, tentou resolver o estrondo que causou:

— Quem ganhou o jogo fui eu, Marialva. Graças a Deus eu fiquei foi contigo.

A esposa dá uma rabissaca, honrando seus genes cearenses. A filha sorri, aliviada, e faz um gesto para que o padre prossiga.

— Continuando de onde paramos... Onde foi mesmo?

— O senhor estava perguntando se ele aceita o casamento...

— Sim, Lembrei! PAULO NOGUEIRA FILHO, o senhor aceita CARMEN LÚCIA como sua legítima espo...

— Peraí! — gritou o cavalo-Amaro. — Já que estou aqui, vamos fazer o serviço direito. Eu aceito o seu casamento com o filhote de cruz credo, mas como uma condição.

— Ai, meu Jesus, qual é a condição?

— Vamos começar tudo do começo. Quero entrar com minha filha na igreja. Eu tenho esse direito.

— O senhor aceita, padre?

— Deus me livre de não aceitar! Morro de medo de alma. Toquem a Marcha Nupcial de novo, por favor. Os padrinhos ficam aqui. Sai só a noiva e... o pai.

Carmen Lúcia e o pai incorporado saíram correndo da igreja. O padre fez um sinal para que o público ficasse de pé novamente. Os convidados dividem-se em rostos estupefatos e criaturas em pleno deleite, achando tudo ótimo. Tocou a Marcha Nupcial. Carmen Lúcia e o pai entraram na igreja, caminhando solenes.

Os canaristas insistiam na insanidade e levavam o viveiro com os quarenta e dois canários atrás dos noivos.

Ao chegar ao altar, o pai beijou a testa da filha. Carminha e Paulo deram-se as mãos. Dane-se espírito, quenga, cabaré, vinte-e-um. Eles queriam estar juntos. Depois do casamento iriam brindar no salão de festas e partiriam ainda na madrugada para Paris, o sonho de Carminha. Eles olharam para o padre, concentrados para que o final da cerimônia parecesse normal.

Enquanto o padre seguia o rito em paz, Marialva tirou os sapatos e os segurou com uma mão só. Levantou-se do seu assento lentamente. Parecia determinada a deixar a igreja, andou alguns passos em direção à saída, mas parou. Todos, inclusive o padre, fizeram silêncio diante do fato inusitado da mãe da noiva levantar descalça, com um discreto sorriso no rosto.

Quem estava lá conta que não durou nem dois segundos. Em um gesto brusco, Marialva abriu a porta do viveiro e começou a berrar impropérios contra Amaro. Jogou os sapatos nos canários e os pássaros voaram pelo teto da Matriz de Nossa Senhora das Graças, enchendo o ambiente de penas amarelas e do canto enlouquecido que tanto deleitava o Dr. Amaro Rocha, ex-apaixonado pela Quenga de Amarelo, o nobre médico, canarista e católico do Catete, cujo espírito sobrevivera à morte tomando por empréstimo um corpo encharcado de cachaça.

Festa no céu

VERONICA STIGGER

VEM A MIM, MEU BOM E VELHO SIMÃO, a que todos chamam Pedro e por cuja santidade rezam, foste tu que me ensinaste a ser o que sou, Leão, entre todos os animais o mais bravo e valoroso, tu que me elevaste a chefe de todos os nus, pois foi sob a tua graça que me tornei invencível, dominei a floresta, conquistei reinos, matei e destrocei os inimigos sem misericórdia, arrancando-lhes as cabeças com uma só dentada, estripando-os com a força das minhas garras, comendo de suas carnes cruas e frescas e bebendo de seus sangues ainda quentes; Leão, cuja boca fede a mil mortes, este é quem sou, besta rude e intratável, de olhos vagos e impiedosos como o Sol, e que agora, diante de ti, ergue as patas dianteiras para abraçar-te, meu bom e velho companheiro Simão, meu padrinho, suplico-te, abraça-me forte pelo menos uma vez nesta curta vida, tu sabes que eu não seria capaz de te magoar, vem, ó nobre companheiro, abraça-me sem temor, quero-te perto de mim neste dia que é o das minhas bodas com a Leoa das patas ligeiras e do pelo macio e dourado, abraça-me e sente o cheiro putrefato que sai de mim, um cheiro que, certifico-te, nunca me abandonará por mais que eu abdique de ser quem sou e como sou, um líder e um matador; a morte, como bem sabes, meu bom e velho Simão, se impregna na carne viva e, como um fungo agindo sobre um morango sadio e úmido, fá-la apodrecer; vem, Simão, ó príncipe dos homens, traze teu barco e deixa que ele, guiado por vontade tua e minha, nos conduza ao céu, onde nos esperam aqueles que convidaste para virem me saudar na mais bela festa de mais rico banquete: o destemido Tigre de bengala e cartola, o galhardo Porco do terno branco, o infesto Jacaré dos três mil dentes, o amargurado Macaco da cara pintada, o exultante Veado do laço no pescoço, a sobranceira Gata Ruiva das quatro luvas, a elegante Vaca do corpo apertado, o garboso Burro da carroça, a temível Cobra Grande do couro malhado, o irrequieto Percevejo de olhos largos, a pomposa Barata de casaca, o airoso Mosquito de charuto, o célere Pinguim do Polo, o encabulado Siri da casca cor de bronze, e muitos outros convivas a que não me cabe enumerar; vamos, Simão, meu caro, pede ao augusto Senhor que sopre mais forte as velas de teu barco para aproarmos logo à festa em que também a Leoa das patas ligeiras e do pelo macio e dourado me aguarda, minha doce Leoa, que esteve sempre ao meu lado, que cuidou de mim quando fui apanhado numa emboscada, pregado a uma árvore, tive o corpo lacerado por chicotes e facas, ela, a Leoa, vendo-me preso e torturado, emitiu o rugido mais violento e mais grave que podia alcançar, emitiu-o diante da entrada de uma caverna, para que, assim, o som ecoasse e se multiplicasse como se fosse legião de leões a rugir na floresta escura e não apenas uma leoa sozinha e assustada, a minha doce e única Leoa das patas ligeiras e do pelo macio e dourado, é ela que irei desposar hoje à noite, ó, Simão, meu prestativo Simão, pede, portanto, ao excelso Senhor que mande ainda mais vento para insuflar as velas e acelerar o barco, vamos, Simão, só a ti Ele escuta, tu que és a ponte de pedra entre céu e terra, de mim, como sabes, Ele não faz caso, carrego muito sangue nas minhas costas cansadas, as moscas já não me largam mais; vamos, Simão, já ouço o alegre canto dos convivas, um lindo canto sem mácula só possível de ser entoado por aqueles que não se lembram que vão morrer, vamos, Simão, meu bom e velho companheiro Simão, meu padrinho, dá-me um último abraço antes de entrarmos, isso, aperta-me forte contra teu peito, gosto de sentir teu hálito puro, tão diferente do meu, agora, vamos, partamos rumo a nosso destino: já não é mais tempo de comer peixe.

• **SOBRE OS AUTORES** •

ALDIR BLANC é carioca do Estácio. Nasceu em 1946 e passou a infância em Vila Isabel. Médico por formação, fez sua carreira profissional como compositor, com mais de 400 músicas gravadas. Ao lado de João Bosco, seu mais constante parceiro, recebeu o Prêmio Shell de Música de 2004, pelo conjunto da obra. Compôs ainda com Moacyr Luz, Cristovão Bastos e Guinga, entre muitos outros. Entre seus livros estão *Rua dos Artistas e transversais* (Ediouro, 2006) — compilação de *Rua dos Artistas e arredores* e *Porta de tinturaria, lançados originalmente pela* Codecri —, *Brasil passado a sujo* (Geração, 1993) e *Um cara bacana na 19ª (Record, 1996). Também é autor de Uma caixinha de surpresas* (Rocco, 2010), voltado a adolescentes, e do infantil *Cantigas do Vô Bidu* (Lazulli, 2011). Foi colunista do *Jornal do Brasil*, de *O Dia*, e hoje escreve em *O Globo*.

ALEXANDRE MARQUES RODRIGUES nasceu em Santos (SP), em 1979. É autor dos contos de *Parafilias* (Record, 2014) e do romance *Entropia* (Record, 2016).

ANA PAULA LISBOA nasceu em Nova Iguaçu (RJ), em 1988, tendo mudado para a capital fluminense antes de completar um ano. Moradora do Complexo da Maré, Zona Norte do Rio. Publicou contos e poesias em coletâneas nacionais e internacionais, como

Estrelas vagabundas (independente, 2011), *FLUPP Pensa: 43 novos autores* (Aeroplano, 2012), *Je suis favela* (Éditions Anaconda, França, 2013), *O meu lugar* (Mórula, 2015) e *Eu me chamo Rio* (Casa da Palavra, 2015). Em 2014, recebeu o 1º Premio Carolina de Jesus, dado a pessoas que tiveram suas vidas mudadas pela Literatura. Escreve para a revista feminista *AzMina* e é colunista do jornal *O Globo*.

CÍNTIA MOSCOVICH nasceu em 1958, em Porto Alegre (RS). É escritora, jornalista, roteirista, mestre em Teoria Literária e ministrante de oficinas de criação literária. Trabalhou como professora, tradutora, revisora, assessora de imprensa. Foi editora de livros do jornal *Zero Hora* e diretora do Instituto Estadual do Livro. Autora de oito obras individuais, participou também de 31 antologias ao redor do mundo. Foi publicada na Alemanha, na Itália, nos Estados Unidos e na Espanha, entre outros países. Ganhou o Prêmio Jabuti com o livro *Arquitetura do arco-íris* (Record, 2004) e mereceu o Portugal Telecom e o Prêmio Clarice Lispector por *Essa coisa brilhante que é a chuva* (Record, 2012). Seu segundo livro infantojuvenil, *Baleia assassina*, será lançado em breve pela editora Nós. Atualmente, é colunista do *Zero Hora*, além de colaborar com jornais e revistas de todo o Brasil.

FERNANDO MOLICA nasceu em 1961, no Rio de Janeiro (RJ). É autor, entre outros, dos romances *Uma selfie com Lenin* (2016), *O inventário de Julio Reis* (2012) e *Notícias do Mirandão* (2002), todos publicados pela Record. Foi, por duas vezes, finalista do Prêmio Jabuti. Participou das antologias de contos *O livro branco* (Record, 2012), *Dicionário Amoroso da Língua Portuguesa* (Casa da Palavra, 2009) e *10 cariocas* (Ferreyra Editor, Argentina, 2009), e do livro de crônicas *O meu lugar* (Mórula, 2015). Mantém site e blog em www.fernandomolica.com.br.

FLÁVIO IZHAKI nasceu no Rio de Janeiro (RJ), em 1979 e é autor de três romances, *De cabeça baixa* (Guarda-chuva, 2008) e *Amanhã não tem ninguém* (Rocco, 2013) — eleito pelos jornais *O Globo* e *Estado de S. Paulo* como um dos melhores romances brasileiros do ano e semifinalista do Prêmio Portugal Telecom 2014 — e *Tentativas de capturar o ar* (Rocco, 2016). Como contista, já participou de oito antologias, entre elas *Prosas cariocas — Uma nova cartografia do Rio* (Casa da Palavra, 2004), da qual é também coorganizador, *Primos — histórias da herança árabe e judaica* (Record, 2010) e *Wir sind bereit* (Lettrétage, 2013) — lançada em alemão por ocasião da Feira de Frankfurt, em 2013.

HENRIQUE RODRIGUES nasceu no Rio de Janeiro (RJ), em 1975. É formado em Letras pela Uerj, com especialização em Jornalismo Cultural pela Uerj, mestre e doutor em Letras pela PUC-Rio. Já foi atendente de lanchonete, balconista de videolocadora, professor, superintendente pedagógico da Secretaria de Estado de Educação do RJ e coordenador pedagógico do programa "Oi Kabum!". Trabalha na gestão de projetos literários no Sesc Nacional. Participou de várias antologias literárias e é autor de 11 livros, entre poesia, infantis e juvenis. Organizou as antologias de contos *Como se não houvesse amanhã* (2010) e *O livro branco* (2012), inspiradas nas canções da Legião Urbana e dos Beatles, ambas publicadas pela Record. Lançou em 2015, pela mesma editora, o romance *O próximo da fila*, inspirado no período em que foi atendente do McDonald´s. Foi um dos autores brasileiros selecionados para o "Printemps Littéraire Brésilien", em 2016, evento realizado na Universidade Sorbonne, na França.

IVANA ARRUDA LEITE nasceu em 1951, em Araçatuba (SP); é mestre em Sociologia pela Universidade de São Paulo. Publicou três livros de contos: *Histórias da mulher do fim do Século, Falo* *de mulher* e *Ao homem que não me quis* — reunidos na antologia *Contos reunidos* (Demônio Negro, 2015). Seu mais recente livro de contos é *Cachorros* (Demônio Negro, 2015). Publicou ainda uma novela *Eu te darei o céu — e outras promessas dos anos 60* (Editora 34, 2004), e dois romances: *Hotel Novo Mundo* Editora 34, 2009) e *Alameda Santos* (Iluminuras, 2010). É autora de livros infantis e infantojuvenis. Está em todas as redes sociais.

LUCI COLLIN nasceu em Curitiba (PR), em 1964. É autora de 18 livros entre os quais *Querer falar* (7Letras, 2014), finalista do Prêmio Oceanos 2015, *A árvore todas* (Iluminuras, 2015) e *Nossa Senhora D'Aqui* (Arte & Letra, 2015). Participou de antologias nacionais, como *Geração 90 — os transgressores* (Boitempo, 2003) e *Vinte e cinco mulheres que estão fazendo a literatura brasileira* (Record, 2004), e internacionais (nos EUA, na Alemanha, na França, no Uruguai, na Argentina, no Peru e no México).

LUISA GEISLER nasceu em Canoas (RS), em 1991. É autora dos livros *Luzes de emergência se acenderão automaticamente* (Alfaguara, 2014), *Quiçá* (Record, 2011), *Contos de mentira* (Record, 2011). Foi duas vezes vencedora do Prêmio Sesc de Literatura, além de ter sido duas vezes finalista do Jabuti. Participou de produções artísticas em parcerias com instituições internacionais como a OMI International Arts Center Residency, de Nova York, e a Serpentine Gallery, de Londres. Além disso, tem textos publicados da Argentina ao Japão (pelo Atlântico).

MANUELA OITICICA nasceu no Rio de Janeiro (RJ), em 1984. Teve 12 músicas gravadas, um musical encenado, premiações em dois festivais e textos publicados nas coletâneas *30 carnavais em amarelo e lilás — Memórias e histórias do Simpatia é Quase Amor*

(Ka Buke, 2016), *Rio de Janeiro: alguns de seus gênios e muitos delírios* (Autografia, 2015), *O meu lugar* (Mórula, 2015), *Larica carioca* (Rio de Letras, 2015) e *Pele de todos os sangues* (Autografia, 2015), e no livro *Bip Bip, 40 anos* (independente, 2009). Foi primeira colocada no concurso *Nossas gentes, nossas letras* (2005), promovido pelo Instituto Oldemburg em parceria com a Academia Brasileira de Letras, e selecionada para as antologias *Contos do Rio* (O Globo, 2006) e *Para ler a Lapa* (Íma Editorial, 2015).

MARCELINO FREIRE nasceu em 1967, em Sertânia (PE). Viveu no Recife e, desde 1991, reside em São Paulo. É autor, entre outros, dos livros *Angu de sangue* (Ateliê Editorial, 2005) e *Contos negreiros* (Record — Prêmio Jabuti 2006). Criou a Balada Literária, evento que, desde 2006, acontece anualmente no bairro paulistano da Vila Madalena. Em 2013, lançou seu primeiro romance, *Nossos ossos*, editado pela Record, também publicado na Argentina e na França e com o qual ganhou o Prêmio Machado de Assis. Mais informações sobre autor e obra, acesse: www.marcelinofreire.wordpress.com

MARCELO MOUTINHO nasceu no Rio de Janeiro (RJ), em 1972. É autor dos livros *Ferrugem* (Record, 2017), *Na dobra do dia* (Rocco, 2015), *A palavra ausente* (Rocco, 2011), *Somos todos iguais nesta noite* (Rocco, 2006) e *Memória dos barcos* (7Letras, 2001), além do infantil *A menina que perdeu as cores* (Pallas, 2013). Organizou as antologias *O meu lugar* (com Luiz Antonio Simas, Mórula, 2015), *Dicionário Amoroso da Língua Portuguesa* (Casa da Palavra, 2009), *Contos sobre tela* (Pinakotheke, 2006) e *Prosas cariocas* (com Flavio Izhaki, Casa da Palavra, 2004), das quais é também coautor, e a seleta de ensaios *Canções do Rio — A cidade em letra e música* (Casa da Palavra, 2010).

Seus textos foram traduzidos para França, Alemanha, Estados Unidos e Argentina, entre outros países.

MARIA ESTHER MACIEL nasceu em 1963, em Patos de Minas (MG), e reside em Belo Horizonte. É professora titular de Literatura Comparada na Universidade Federal de Minas Gerais (UFMG). Publicou, entre outros livros, *Triz* (poemas, Orobó, 1999), *O livro de Zenóbia* (ficção, Lamparina, 2004), *O livro dos nomes* (ficção, Companhia das Letras, 2008), *A vida ao redor* (crônicas, Scriptum, 2014) e *Literatura e animalidade* (ensaio, Civilização Brasileira, 2016).

NEI LOPES, nascido no Rio (RJ), em 1942, é autor dos romances *Rio Negro, 50* (Record, 2015), *A lua triste descamba* (Pallas, 2012), *Esta árvore dourada que supomos* (Babel, 2011), *Mandingas da mulata velha na Cidade Nova* (Língua Geral, 2009), entre outros livros.

RAFAEL GALLO nasceu em São Paulo (SP), em 1981. É autor de *Réveillon e outros dias* (Record, 2012), livro vencedor do Prêmio Sesc de Literatura 2012, e *Rebentar* (Record, 2015), romance vencedor do Prêmio São Paulo de Literatura. Ambos os livros foram finalistas do Prêmio Jabuti.

RAPHAEL VIDAL nasceu no Rio de Janeiro (RJ), em 1982. Idealizador do Fim de Semana do Livro no Porto e da Casa Porto. Publicou *O livro do pai chato* (Memória Visual, 2014) e participou das antologias *O meu lugar* (Mórula, 2015), *40 vozes do Rio* (E-Papers, 2016), *Larica carioca* (Rio de Letras, 2015) e *Porto do Rio do início ao fim* (Rovelle, 2012), da qual foi também organizador. Lança este ano, pela editora Pallas, seu primeiro romance.

SERGIO LEO nasceu no Rio de Janeiro (RJ), em 1963, mudou-se para Brasília em 1985 e hoje vive entre Brasília e São Paulo. Autor do livro de contos *Mentiras do Rio* (Record, 2009), ganhou, com ele, o Prêmio Sesc de Literatura. É autor, também, de *Ascensão e queda do Império X* (Nova Fronteira, 2004), sobre as desventuras empresariais do ex-bilionário Eike Batista, e do e-book *Segundas pessoas*, da coleção Formas Breves (e-galáxia, 2014). Participou das antologias de contos *Desassossego* (Mombak, 2014), da *Revista Pessoa* e da Coletânea Prêmio Off-Flip de Literatura (Selo OffFlip, 2014). Jornalista com passagem pelos principais jornais do país, foi, entre 2001 e 2014, colunista do jornal *Valor Econômico*.

SOCORRO ACIOLI nasceu em Fortaleza (CE), em 1975. É jornalista, doutora em Literatura pela Universidade Federal Fluminense (UFF). Em 2013 ganhou o Prêmio Jabuti pelo livro *Ela tem olhos de céu* (Editora Gaivota). Foi aluna de Gabriel García Márquez na oficina de roteiro *Como contar um conto*, onde começou a escrever *A cabeça do Santo* (Companhia das Letras, 2013), lançado também na Inglaterra e Estados Unidos. Publicou também *A bailarina fantasma* (Seguinte, 2014) e *A história que só você pode contar* (Seguinte, 2017).

VERONICA STIGGER nasceu em Porto Alegre (RS), em 1973. Desde 2001, vive e trabalha em São Paulo. É autora, entre outros, de *Os anões* (Cosac Naify, 2010), *Delírio de Damasco* (Cultura e Barbárie, 2012) e *Opisanie świata* (Cosac Naify, 2013), laureado com o Prêmio Machado de Assis da Biblioteca Nacional, o Prêmio São Paulo para Autor Estreante, o Prêmio Açorianos para Narrativa Longa.

• SOBRE AS CANÇÕES •

"FEITIÇO DA VILA"
Parceria com Vadico, registrada em 1934. Gravada originalmente no mesmo ano por João Petra de Barros com Orquestra Odeon.

"COM QUE ROUPA"
Registrada em 1929. Gravada originalmente por Noel Rosa com Bando Regional, em 1930.

"VOLTASTE (PRO SUBÚRBIO)"
Registrada em 1934. Gravada originalmente por Aracy de Almeida com Orquestra Continental, em 1935.

"PRA QUE MENTIR?"
Parceria com Vadico, registrada em 1937. Gravada originalmente por Silvio Caldas com Fon-Fon e sua orquestra, em 1939.

"QUANDO O SAMBA ACABOU"
Registrada em 1933. Gravada originalmente no mesmo ano por Mário Reis e Orquestra Copacabana.

"POR CAUSA DA HORA"
Registrada em 1931. Gravada originalmente no mesmo ano por Noel Rosa com Choro.

"MULHER INDIGESTA"
Registrada em 1932. Gravada originalmente no mesmo ano por Noel Rosa e Os Sete Diabos.

"BOA VIAGEM"
Parceria com Ismael Silva, registrada em 1934. Gravada originalmente no mesmo ano por Autora Miranda com Orquestra Odeon.

"FILOSOFIA"
Parceria com André Filho, registrada em 1933. Gravada originalmente no mesmo ano por Noel Rosa e conjunto.

"DAMA DO CABARÉ"
Registrada em 1936, como parte da trilha-sonora do filme *Cidade Mulher*. Gravada originalmente no mesmo ano por Orlando Silva e Conjunto Regional.

"PELA DÉCIMA VEZ"
Registrada em 1935. Gravada originalmente por Aracy de Almeida, Geraldo Medeiros, seu conjunto, e Bolinha, em 1947.

"GAGO APAIXONADO"
Registrada em 1930. Gravada originalmente por Noel Rosa e conjunto, em 1931.

"TRÊS APITOS"
Registrada em 1933. Gravada originalmente por Aracy de Almeida com Radamés e sua Orquestra de Cordas, em 1951.

"ÚLTIMO DESEJO"
Registrada em 1937. Gravada originalmente no mesmo ano por Aracy de Almeida e Boêmios da Cidade.

"MULATO BAMBA"
Registrada em 1931. Gravada originalmente por Mário Reis e Orquestra Copacabana, em 1932.

"FEITIO DE ORAÇÃO"
Parceria com Vadico, registrada em 1933. Gravada originalmente no mesmo ano por Francisco Alves e Castro Barbosa com Orquestra Copacabana.

"SÉCULO DO PROGRESSO"
Registrada em 1934. Gravada originalmente por Aracy de Almeida com Boêmios da Cidade, em 1937.

"TARZAN (O FILHO DO ALFAIATE)"
Parceria com Vadico, registrada em 1936, como parte da trilha-sonora do filme *Cidade Mulher*. Gravada originalmente no mesmo ano por Almirante e Conjunto Victor.

"FITA AMARELA"
Registrada em 1932. Gravada originalmente no mesmo ano por Francisco Alves e Mário Reis com Orquestra Odeon.

"FESTA NO CÉU"
Registrada em 1929. Gravada originalmente por Noel Rosa e conjunto, em 1930.

1ª edição	abril 2017
impressão	rotaplan
papel miolo	lux cream 70g/m²
papel capa	cartão supremo 300g/m²
tipografia	pollen